憂鬱與狂熱

孫瑋芒著

三民叢刊36

三民書局印行

序：飆到離心力的邊緣

——讀孫瑋芒的《憂鬱與狂熱》

余光中

十年以前，我在〈亦秀亦豪的健筆〉一文中，把當時的散文作家約略分為四代，並謂「第四代的年齡當在二、三十歲，作者衆多，潛力極大，一時尚難遽分高下。」接着我舉了十個名字，最後的四位是高大鵬、孫瑋芒、李捷金、陳幸蕙。十年來，這些名字有起有落。高大鵬、陳幸蕙頗露光彩，而名字帶芒帶金的中間這兩位，反倒有點月低星沉，令人悵惘。

直到兩個月前忽然收到孫瑋芒寄來這部散文集的校稿，並且附信要我寫序，我的渺茫預言，十年流落，才算是有了交代。我抽閱了幾頁，已覺筆力凌人，等到詳讀一遍，更感其文氣暢旺，意興縱橫，斷定不但值得出書，抑且值得寫序。一時之間，對於驚喜的「預言家」，失物重獲，竟似意外之財。

孫瑋芒不是多產作家，十六年來只提出了這三十篇散文，其中三分之一還是極短的小品，平均每年不到兩篇。筆精墨簡，好處固然是品管嚴格，吃虧卻在見報率低，高蹈遠颺之餘，不能在文壇烙下鮮明的形象。加以這些作品流落於江湖，迄未收編為正規的單行本，即使有心的編者也難以一一追踪。因此孫瑋芒一直屈居「在野」散文家之列，連我主編的《中華現代文學大系》竟也漏選了他，真是數奇不封。其實，比起大系散文卷第四册的恁多作家來，他絕不遜色。

當年我把瑋芒列為第四代散文作家的代表，並不是因為我看過他多少散文。其實他當時雖已出版了短篇小說集《龍門之前》，但已刊的散文不過寥寥六篇，真正給我深刻印象的，只有〈摩托夢〉而已。不過良醫把脈，豈用久按。作品生動的姿態，看一篇也就夠了。就憑〈摩托夢〉一篇恣肆狂放的氣勢，我已有足夠的信心，把瑋芒逕押在第四代上，賭個輸贏。骰子滴溜溜轉了十年，定睛一看，哈，我贏了。

我與瑋芒神交雖久，但真正的見面也不過三兩次，追憶起來，上一次見面竟已是十一年前了。那是他剛從金門退役，而我恰從香港回師大客座。似乎是一個冬日的下午，他和戴洪軒、侯德健同去廈門街的巷居看我。這三人行是一個由來已久的「音樂共同體」，體溫奇高。戴洪軒對他們亦師亦友，在三位一體之中自然是聖靈。聽他們讚頌古典音樂時的那股狂熱，的確令人興奮。我於樂理是外行，但於音樂卻是良導體，一時興起，大發議論，說什麼中國文學史上最欠缺的，就是浪漫主義裏面的惡魔主義（Satanism），那種無畏天譴、傲視名教的叛徒精神。溫柔敦厚雖為中國文學建立了雍容含蓄的常態，卻也包庇了許多副產的溫吞、平庸之作。不料這一番即興的快語瑋芒卻聽得入耳，十年後來信告訴我說：「這句話給我很深的印象。檢視自己寫過的作品，雖說不上『惡魔』色彩，但是『狂』氣不少。我的生活信念也是寧狂勿狷。」

果然，擺在面前的這些文章，總其名為《憂鬱與狂熱》，十之八九真是熱情炙人，狂態可掬。作者甚至不容讀者閃避，更引紀德之言：「憂鬱是消沉了的狂熱」，再補上一句說：「倒過來說，狂熱可是亢奮了的憂鬱。」可見作者感性的鐘擺，恆在狂熱與憂鬱之間擺盪，得申則為狂熱，受挫則為憂鬱。這種率性而行的作風倒頗近拜倫一類的浪漫詩人，而不像容易墜入無聊之境（ennui）的頹廢作家。《憂鬱與狂熱》集中的散文，近乎三分之二都受這兩極的心境所鼓舞或折磨。〈時間過敏症〉一文綜述此情，說作者感於歲月之流逝，大限之不免，乃求解藥於沉醉——「沉醉於任何事都可以」：先醉於酒，復醉於愛情，然而醉者易醒，情人總會幻滅，於是又歷經文學、音樂、賭博、駕車、玩電腦等等的狂熱。

王國維說古今之成大事業者，須經望斷天涯、為伊憔悴、驀然回首的三境——那正是徬徨、堅持、成功的三部曲，只能期之於得道的聖賢，成仁的志士。常人的三部曲卻倒過來，成為追求、滿足、幻滅。作者自述心路夢途，每見此種過程，尤以寓言式的〈冬之夢〉一篇，展現得最為生動、慘烈，對於愛情之諸態探討得最為入微；若能刪去頭尾兩段的現實交代，當必更見精純。

孫瑋芒在《憂鬱與狂熱》的典型作品裏流露的，正是這種難遣之情、難饜之欲、難以安排的生命。中國古典文學講究溫柔敦厚，漢人所說「釆之欲遺誰，所思在遠道」，宋人所說「一枝折得，人間天上，没個人堪寄」，到了瑋芒的〈冬之夢〉裏，變成了孤獨情人流浪冰原時捧着的赤紅炭火，不知該交到誰的手裏、心裏。尼采把藝術風格分成阿波羅式的清明和戴奥耐塞斯式的狂放，孫瑋芒陽剛而熾烈的風格顯然屬於酒神。他所罹的所謂「時間過敏症」其實就是生之焦慮，就是生命在歲月的凌虐下，想用活得熱烈來抗拒衰亡的陰影，卻又明知其為徒勞。李白憂造化之難違，時光之難逆，嘆說「其始與終古不息，人非元氣，安得與之久徘徊？」難怪杜甫說他「痛飲狂歌空度日，飛揚跋扈為誰雄？」

生命中能激發孫瑋芒狂熱的事情，他在〈時間過敏症〉裏，已經一一招認了。酒狂、車狂、賭狂、電腦狂等畢竟較易袪禳，但是其他的二狂則作祟太深，不能袚除。那便是愛情與音樂。兩者都能令他大狂特狂，但是愛情滿足了令人幻滅，情欲滿足了令人生罪惡感，而情人會變，愛不可恃。音樂則不然。音樂的激勵與安慰長在，貝多芬之靈有召必降，降則必附聆者之凡體，何況事後猶堪回味，不怕幻滅、空虛。可見愛情有得必有失，令人患得患失，而音樂不移、不朽。

寫愛情的四篇：〈人生難得幾回失戀〉、〈冬之夢〉、〈野薑花事〉、〈忘情遊〉都各有佳勝。〈冬之夢〉喻愛情之難全，靈肉之難兼，兩心之難諧，兩情之難久，愛之苦惱卒死方休，可謂一場美麗而驚駭的情魘，十分祟人。〈野薑花事〉是一篇由實入虛的象徵小說，事件單純而氣氛逼人，字裏行間瀰漫着淒麗哀惋的情緒，結尾的幻象急轉直下，停格快得多麼驚疑。〈忘情遊〉二章寫愛情的反面與陰影，近乎小說而不似散文，命意好像未全透徹。〈人生難得幾回失戀〉是一篇議論文，從負面探討愛情，大做翻案文章，認失戀為對於愛情的肯定，甚至是一種生之讚美，比起自遁於麻木，積極多了。結論是「若某人終其一生都在失戀，那真是神之子了——不是耶教的 God，是古希臘的愛神 Eros——合當世人搖棕櫚枝，高聲歡呼相迎。」

寫得同樣動人的，是對音樂的讚頌，不過其間只有狂熱，沒有哀愁，是頌歌，不是輓歌。〈音樂狂〉、〈菸酒篇〉的飲酒歌、〈酒神祭〉、〈偉大的極端主義〉四篇都屬於此類。可是作者對音樂認識既深，感受又強，已經把音樂當做他情操的基調，心靈的座標，所以描寫事事物物，常以音樂來比喻，匪夷所思的例句很多，並不限於前述的四篇。

〈音樂狂〉是其中最長的一篇，從如何患得患失，張羅森嚴的音響設備，到如何串連同好，去瞻仰狂界先進私人的廟堂，從湯瑪斯・曼和馬奎斯小說中的音樂一路引述到里爾克對音樂的頌詩，作者的狂態真是可驚、可愛，亦復可哂。他說欣賞一首樂曲就是重歷作曲家的心路，等於比別人多活了一段生命。又說「從生到死，他人的生命歷程若說是唱片邊緣到唱片中心孔的直線距離那麼長，音樂狂的生命歷程，有音樂充滿，則是整張唱片的溝紋那麼長。」也只有音樂狂才會反躬取喻，想出這麼「溝路迴」(groovy)的奇喻。音樂，已經成了孫瑋芒的宗教。

〈菸酒篇〉下篇的飲酒歌，敘述一位資深音樂狂乘興來訪，不但帶來淺緋色外遇的小情人，而且手持冰鎮的馬丁尼，口吐滔滔的樂論，一路指揮主人接二連三地播放什麼怪傑演奏的哪首名曲。兩狂相激，其狂可知。文長不過千把字，但敘事生動，而狂客的獨白如聞其聲，簡直像一段有趣的小說。

〈酒神祭〉和〈偉大的極端主義〉雖是兩篇小品，卻寫得意氣風發，語調武斷而痛快。作者用華格納的金黃號音信誓旦旦，宣揚他對酒神的信仰。他說：「要把酒神的氣質注入我的文字。」在西洋音樂之中，他膜拜的神龕、點獻的蠟燭，全在浪漫主義。他在唱片迴旋的溝紋裏一圈又一圈追隨的，是蕭邦、白遼士、舒曼、馬勒、柴可夫斯基、拉赫曼尼諾夫。他仰聆貝多芬，享受被虐的快感，被偉大的意志所強暴的滿足；也渴望被華格納征服。我每次聽《皇帝協奏曲》，也有神靈附體的感奮，只覺那鋼琴家，卡沙帝蘇斯吧，正是向琴鍵的階梯虔敬召靈的巫者。

柏拉圖對音樂頗有戒心，曾說「音樂與節拍使心靈與軀體優美而健康；不過呢，太多的音樂正如太多的運動，也有其危害。只做一位運動員，可能淪為蠻人；只做一位樂師呢，也會『軟化得一無好處』。」柏拉圖擔心令人軟化的音樂，不知是否陰柔的利地亞樂風（Lydian mode），相當於我們孔聖人所惡的鄭聲？陰柔似乎是音樂的常態，但是貝多芬宏大的氣魄只會振聾發聵，令懦夫也自覺是英雄。正如瑋芒所說，「人世間竟有這等剛猛不屈的心靈，高亢無悔的意志」，貝多芬的聲勢只會掖人上升，怎會將人軟化？

孫瑋芒的感性既以音樂來定位，他的其他狂熱也以音樂來衡量。只有他才會說：「激烈的駕駛動作所帶來的樂趣，只有大幅度演奏樂器的樂趣可以比擬。」只有他在學電腦時才會「想像著巴哈當年在柯登宮廷大教堂裏，十指快速而準確地在鍵盤上飛舞，指間流瀉光芒萬丈的音樂，意氣風發，不可一世，自己在電腦鍵盤上也就心嚮往之，手指的律動也就比較敏捷而準確。這大概可算是我對巴哈的『嘲仿』(parody)吧。」

愛情與音樂是孫瑋芒的兩大狂熱，一陷其中，正如江淹所說，就會「使人意奪神駭，心折骨驚」：意奪神駭，是音樂的力量，心折骨驚，是愛情的後果。他如車狂、數字狂、電腦狂等等，畢竟是身外之物了，雖說也會令人「喪志」，終究還是「玩物」。不過在孫瑋芒神經質的筆下，其情其景，仍然可哂、可觀。

〈摩托夢〉寫於作者的大學時代，雖是少作，絕不青澀，字裏行間隱隱然可聞驃悍的「機器狼」獰猛的長嗥，掠死亡的邊境而去。作者在文末說：「機器狼本身就是浪漫精神的表徵，單薄的兩個輪子，強勁的衝力，靈活的身體，高速率，和駕駛人內心一股狂野的冒險慾相乘，所得之積就是死亡邊緣。」這篇散文主題扣得很緊，語言調得很準，現代感強烈，年輕的勁衝十足，所以當年我只消一瞥，就立刻斷定這匹機器狼不可限量。

果然十二年後，那匹機器狼又出現了，而且變本加厲，來勢更為囂張，成了〈車狂〉。文長三千字，對於現代車狂那種現實而又夢幻、熱烈而又寂寞的劇動世界，從物理、生理到心理，既有感性的描寫，又有知性的剖析，真是一篇令人神旺的力作。我自己也是一位老車狂，對下面這一段最感親切：

車狂的手掌，被硬中帶柔的方向盤所充滿；車狂的腳掌，感到油門踏板傳來活塞在汽缸裏往返的振動；車狂以準確的判斷換檔，感到金屬與金屬齧合的快慰。腳掌對油門踏板一施壓，引擎的聲浪澎湃，一股被馴服的力量席捲全身。此時，凡庸的生活被疾馳的座車拋在身後，車狂甚至可以從後視鏡裏，遠遠看到另一個他，在作無助的追趕。

〈數字狂〉、〈電腦熱〉兩篇，寫臺灣賭博的奇觀和私人電腦的盛況，熱鬧之中另有諧趣，讓我們看到作者狂態的多元鑽面。

自從齊邦媛教授專文剖析眷村文學以來，此一題材遂為臺灣文學畫出了另一種社會風貌，另一度生存空間。孫瑋芒也是一位眷村之子，對於早年軍眷子弟的生活，時有回顧的鄉愁。發表得最早的少作〈一張張古銅色的容顏〉，即以此為取材背景，但是寫得深入而又詳盡，像一冊老相本那樣夾帶着懷舊的哀愁的，是〈回首故園〉那一篇。齊教授若要編一本眷村文選，這一篇應該列入。眷村作家童年的背景，當然没有白先勇的家世那麼顯赫，同時也不會有白先勇那種滄桑對比的淒涼。但是更年輕的孫瑋芒，也不免眷村子弟間接的鄉愁。

那時的清明節，村人大都無墳可上。紙灰即使化作白蝴蝶，也飛不到故園墳，家裏當頭的男人女人正年輕。

這樣的段落，不言哀愁而哀愁自見，乃簡筆淡墨之勝。有了〈回首故園〉的眷村背景，讀者當更能體會，〈浪子吟〉裏作者承受天長地久的母愛、愧不敢當也愧無以報的孺子情結。這種情結，是一切浪子，一切知識分子，在追求自我的精神世界之餘，回顧無窮又無我的母愛時，那種自懺、自慚之情。在追求自我的精神世界，例如愛情與音樂之時，孫瑋芒放縱其狂熱，鼓吹其極端主義，文章也恣肆而猖狂，但是一回到倫理的天地，他就收斂筆勢，變得清醒而深厚。我雖然欣賞他飛揚跋扈的狂文，卻更受他孺慕真情的感動，因為我也曾像他一樣，母親在時，但知孤芳自賞，獨探藝術的勝境，對平凡的母愛卻不知感恩，反認一切為當然而受之無愧。

她和許多五十上下的婦女一樣，屬於那犧牲的一代。特別是安享清福之年，又逢父親驟遭橫禍，三十餘年來勞役糾纏，孤寂逼殺竟無休止。她的中國人根性缺乏宗教感性，遇苦難仍不識萬能牧者的上帝；她的村婦頭腦不具涅槃解藥，到不了超脫苦樂、頓悟無我的境界。而她居然活過來了，並以家務的操勞爲我換得安逸，以瑣事的煩心爲我換得精神的奢侈。她直如大地，承受一切風雨雷電而不改本貌。

這一段畫像幾乎是所有中國母親的寫照：她未必有基督的救贖，佛祖的普渡，僅憑永施不竭的母愛，就能無怨無尤，承當一切。〈浪子吟〉真是一篇孺慕的至文，結尾的一段特別動人，尤其是最後一句，寫到嬰孩無意間向母親展露微笑，也引起母親微笑，這一瞬的母子相契，真如天機乍開，妙得不可思議。

〈金門之犬〉寫人犬之情，也是一種不可理喻的直覺之愛，同樣感人。作者在金門服役，所處的軍旅生活也接上了小時候的眷村經驗，呼應了前面的〈浪子吟〉。同樣地，〈湍流不息〉寫眷村頑童冒險戲水，死裏求生，也有點瘋狂，正可連接上日後的種種狂熱。

〈觀生〉與〈金色的女孩〉所寫的也是親情，只是孺慕變成了父愛。〈觀生〉寫兒子初生，兼及妻子初做母親；〈金色的女孩〉則寫父女同遊，並展望女兒的未來。比照之下當可發現，作者進入私我的世界，去追求他所謂的「偉大的極端主義」時，就會狂熱起來；反之，回到倫理的世界，恢復社會人的身分，作者就會降溫而收斂，改營溫柔敦厚而情理並重的風格。儘管作者神往的是戴奧耐塞斯的酒興，但是一回到現實，他仍須維持阿波羅的清明。

這對比當然只是大致的分別。作者清明的一面也是大有可觀的，因為他善於分析事理，每有富於哲理的見解，在感性的描寫、敘事、幻想之餘，每每能急轉直下，用知性的簡化、秩序化來詮釋紛繁的現象。不過，書中也有三兩小品，例如〈注視與諦聽〉和〈就在此地生根〉，旨在肯定並宣揚某些抽象的價值，卻欠缺自然的熱力，有點像正面的載道文章了。

在好幾篇感性十足的狂熱散文裏，作者採用了第二人稱的對話體和第三人稱的敍事體，而把容易陷入傷感濫情的第一人稱避過，手法可取。例如第二人稱的〈摩托夢〉、〈夜之祭〉，第三人稱的〈野薑花事〉、〈忘情遊〉，都因此巧妙地調整了藝術的焦距。

作者的語言在白話的基調上，用一點文言或舊小說的詞句來調劑，頗具彈性。比起同輩的壯年散文家來，孫瑋芒不但超越了西化語法的生硬、冗贅，而且善用逗點來化解拖沓的長句，可謂此中高手。在《憂鬱與狂熱》出版的前夕，我願意昭告文壇，準備迎接遲到的孫瑋芒，一位感性與知性兼長、詩情與哲理並茂的陽剛作家。

八十年十二月於西子灣

憂鬱與狂熱

輯一

輯二

輯一

一張張古銅色的容顏

也許你曾留意這些漢子：巷子裏叫賣包子饅頭的、夜間開計程車的、大街上開麵館的、山嶺上經營果園的，各地各處，各鄉各市，一副副南腔北調，一張張古銅色的容顏。對於同遭流離兵燹的父輩，往往像日出日落那麼平凡；對於土生土長的你，就像一册册線裝書，吸引你去翻閱。

若把偶然的相逢當偶然，平常的接觸當平凡，這一張張古銅色的容顏會默默無言晃過你眼前，像河面的漂木靜靜的流去。若是你對過去，對曾經發生的風風雨雨抱着童稚的好奇，你年輕的眼睛欲回顧前塵，你會喜歡這些漢子。你和巷口經常叫賣饅頭的漢子廝混熟了，他會在門口歇下單車，告訴你初上疆場遭受砲火洗禮的經驗；你深夜呼叫計程車回木柵，你從駕駛座上英挺持重的坐姿看出身旁的人曾着戎裝，他會跟你談古寧頭，彷彿談笑間強虜灰飛煙滅；你健行於橫貫公路，果園邊的住戶會向你回述當年塡平戰壕的屍體。於是，藉着間接得自電影的戰爭經驗，在漢子們額頭直筋暴突、口沫遄飛之際，你回溯時間之流而上，撲搧想像的翅翼，你回到那張大海棠葉。嘭！咻——！你耳際是呼嘯的流彈，身前是迸亮的砲火，舉目一波波湧動的人潮。平原烽煙斜，瘦馬嘶空壕。但是你且定睛，且環視周遭——你不過是醒自南柯夢的淳于棼。他們是古銅鏡，鑑照出過往。你在鏡外，想伸手探入鏡中觸摸，而你觸不到鏡中林林總總。說是虛構，但鏡裏萬象流轉你見到。時間貪婪的吞噬了一切，但憑着人物的追索，記憶的探覓，他們能貓嘴裏扳魚似的再度尋得過去。正顏厲色的史書、魚網式的文獻，也包羅不盡他們的生活經驗。

細細打量這些漢子，可察覺他們身上時間的轍痕。最常見他們古銅色的皮膚，與你未經寒霜厲雪的細皮強烈的對比着。面上阡陌，不像是年歲老大而導致的皺縮，倒像是長年汗水沖蝕的溝紋；或者說，每一條痕、每一支紋，記載着他們一生裏每一回滄桑。烽煙中奔馳，對他們是辛酸與榮光的奇妙混合。他們並不靠反芻過去而活，他們堅實的肩上載着今日生活的擔子。比起過去草履陋食的奔波，今日粗茶淡飯不足掛心。年輕人對錦衣玉食的羨求，和在副熱帶的冬日瑟縮，在他們看來是不可解的。他們的口音久經普通話習染，已不再那麼鄉土，豎耳凝聽，你仍可從一個特殊的咬字、一節語音的抑揚、一句偶發的土諺，嘗到一番鄉土味。

面對他們，年輕的你傾聽、傾聽，想調整你的感受頻率，和他們共鳴；想擴大你的同情，哀其哀，樂其樂。你也想加入他們過去血肉賁張意志激昂的生活。結果你只有艷羨，只有欽慕。聽故事的一代？觀望的一代？你可能苛責自己。

而這些古銅色的容顏依然在眼前驟來驟去。於是你還是喜歡讀出他們的種種。

民國六十五年七月於木柵

民國六十五年七月二十三日人間副刊

摩托夢

……柵欄內的野馬狂暴地嘶鳴、顛蹶，一片洶湧的肌腱的浪。戴寬邊帽、穿馬褲的牛仔圍着柵欄狂野地笑、互相譏嘲；怯生生的少年提着一綑套索給關進馬欄，挑中了頭方、眼光、肩寬、脊長的一匹，擲出套索套住馬頸。野馬，暴烈地噴鼻息，掙扭長長的頸項，少年牛仔死命地拽繩索，他要馴服這匹野馬，才能加入欄外嘲笑的牛仔們，成爲成人的一員。

這是西部片常見的場景，是百年前的事。現代——機械文明被多少人苛責的現代，橫陳在你目下不是野馬，而是一輛重型機器狼。點火之後，引擎的吼聲強於十四馬嘶，速度能教千里馬自慚。在好友指點下，你跨上，踩發動踏桿，加油，抓緊離合器，踩一檔，於是噴着青煙帶着低吼絕塵而去。二檔……三檔……四檔……，機器狼輕快地呼嘯，速率表指針往高數目走，你暫時減輕了身體的惰性力量，不再是沉重迂緩的步履，是兩隻高速旋轉的輪子載你前進。路旁景物往身後疾退，風在你兩脅下有如一對翅膀，你聯想到希臘神話中伊卡拉司揷蠟翼上青天那種近於瘋狂的行動。此時你也像伊卡拉司，對平日羈絆你的大地，報以輕蔑、微笑。你跨騎機器狼，你感覺你們焊爲一體，輪子是你的飛毛腿，引擎聲是你勝利的歌唱。

但你的資深機器狼常以傲桀不馴增加它的誘惑力。起跑時，油門加太多，離合器放太快，它會陡然翹起前輪人立而行，驚得你全身抽緊；你摸不熟它；它會學使性子的駑馬，硬是不吭聲不起步。就在從指南宮騎着它下來，踩了近百下起動踏桿它仍不聲不響，你索性放棄起動，就着空檔強迫它下山，殊不知空檔滑行，就等於野馬脫韁，煞車控不住重力加速度，在一個山路急轉彎，你驚惶於不馴的速率錯拉了前輪煞車，機器狼一個打橫，把你從駕駛座上拋出三公尺外栽倒路中央。你身子被擲出的一刻，暫時失去了理智與意志，待你白驚愕中醒覺，你的手肘、膝頭、手掌根部、血，從裂口汩汩流淌。這還沒完——你得打起精神忍着怒火推着機器狼到山下的修理店。

大人說，知道你騎機器狼，每天打開報紙就擔心肇禍新聞出現你的名字，爲着你，精神負擔加重一個鉛塊。朋友愁道，以你毛躁的個性，恐怕要把命賠上去。這些都是挑戰，令你更執着地要摸透它，馴服它。它使性子不肯走，你懂得拔出火星塞檢查；要不，開電門，放空檔推着它跑，再急速踩一檔，來個強迫起動；你也學會快反應地轉開龍頭，閃避突然橫在前頭的人車；學會不減速，使出腰力讓車身傾斜作高速轉彎。另一些已是騎士的朋友指着你的摔傷，說它是必繳的學費，說駕駛技術是摔跤摔出來的。果然，鄉下石子路你頗自信地騎到時速五十公里，一個急轉彎出來，發現前面有大坑，馬上踩煞車，後輪和碎石頭摩擦，又是一個擦破手肘的仆地跤。還有一回，時速六十公里，山路上傾斜車身作急轉彎，突然對面斜刺裏衝出一輛載重七公噸的「大白鯊」，將正在傾斜轉彎的你逼到外線車道，栽倒在山路邊一堆值得感謝的土堆上。

馴服了機器狼。天清日朗之時，你便驅它上指南宮，享受俯瞰紅塵的感覺。拾級上紫府，乍回頭，紅塵已隔在腳下。你可見近處學校裏碧亮的、琉璃質的泳池，堡壘似的新落成的華厦。木柵盆地一落落窗口在陰影裏的房子，灰亮的表層反彈出陽光，像隨意堆疊的火柴盒。再擡眼，臺北盆地被蜷伏的綠山隔開的房厦，遠成了一丘小石，一色灰茫煙霧浮騰在上空，並有幾叢野煙打盆地裏斜上半天。盆地的盡頭憩着觀音山，眼中房厦已遠成跡近空無的細碎斑點。觀音山腳下融入天色的細線狀的藍，依稀是海。晴空裏，一架熠耀銀白的客機展翼往太虛爬升，掠過高高的日頭的面部。你聽到陽光嗡嗡地振動，覺知足下包羅萬有的存在。機器狼展示給你一個豐饒無限的夢境，衆生欣愉的童話王國。日落之後，足下萬家燈火則是一滿盆將溢出的鑽石，你跨上機器狼，乘暑涼下山，行駛在夜的背脊上。

更有一回，你的室友遊興大發，趁着晴朗的夜色說：「跨上我們的浪漫之旅吧！」由木柵、松山、內湖而士林，你們乘着機器狼，凌晨兩點，在別人的睡夢裏狂奔。奔經自強隧道，油門加到底，四周是暈黃的燈光，是密封的牆，耳邊是引擎呼嘯，知覺已處在令人昏眩的速度中，隧道的彼端無限地遙遠，你們打隧道出來，幾疑置身百萬年前的時光。後座友朋大呼：「他媽的，速度眞能讓人體驗到存在！」過了淡水，往白沙灣的公路直如探雲霄的杉幹，四下漆黑一片，昏暗的燈光不止地將兩側桉樹撥到身後，公路直又直，速率往高處升，耳際盡是風的翅膀，你恍如飄浮在一個莫知所終的夢境，消泯了重量，消泯了知覺，消泯了自我的存在……往金山的路上，天已微明，路側大幅海面泛着銀灰色的波浪，機器狼朝着旭日，朝着旭日所由出的東溟奔上去，後座友朋大呼爽快，一面催道：「快點！快點！」「怎麼才六十！不上九十不叫存在！」出了萬里，依路標上了往臺北的六線道公路，一上去速率限制就是八十公里，再馳下去是九十公里，往來的四輪車對你們投以訝異的眼光，視線所及之處沒有一匹同類，這才大悟你們身在高速公路。你的朋友呼道：「要浪漫就浪漫到底！哥兒們就這麼騎回臺北去。」你主張浪漫之中要有「古典的節制」，便在五堵附近找到交流道，開上北基公路。

機器狼本身就是浪漫精神的表徵，單薄的兩個輪子，強勁的衝力，靈活的身體，高速率，和駕駛人內心一股狂野的冒險慾望相乘，所得之積就是死亡邊緣。死亡，對於厭倦凡庸的生命，正是美麗的誘惑。每一個高速急轉彎就是一個概率的冒險（說不定那一次……），每一回長程旅遊歸來都可看作一次生還，生命在這次狂馳和下次狂馳之間被充分地存有化。你領到駕照，得到正式騎士資格之日，是一場場無盡的摩托夢正式開場之時。

民國六十六年九月九日聯合副刊

回首故園

——眷村生活素描

楔子

有這麼一個村，

有這麼一羣人，

有這麼一場童年……

都市人的童年印象，是高樓廣厦連雲起，柏油道，行車聲，廢氣薰過的天空。農村人的童年印象，是綠蔭紅瓦，方田老牛，青草香的天空。我的童年印象，非都市非農村，那片天空，我幾乎認爲是從故土移植過來的呢。我在這個氛圍裏，感知許多許多過去，繫根於故土的過去，大人們從事同一種行業，歷經同一回巨變，灰水泥瓦靜靜覆庇，黃泥牆無言呵護，戎裝男人離家回家，操着各省口音的普通話，自幼便以爲這個小世界是當然，十多年後的今天乃覺幼時種種，較之都市的公寓層樓或農村的三合院，有偌大的差異。念已往人事情景逝去得如此迅速如是遙邈，我唯恐它卽將被遺忘，遂急於將它捕捉、定影。

意象

兒時村中所見幾個過眼卽去的人物，當時固屬稀罕，而今更是陳跡，就像過時的無聲電影。

「先生太太喲，

給我一點米喲，

做好人發財喲——」

這聲音宛若一句乾澀的胡琴跌落在簷下陰影。灰布衣、破斗笠、刺刺短鬚，一只舊麵粉袋。村裏的太太，紛紛打開米缸，舀出一小罐眷米。三、四歲左右的我，怯怯躲在門後，怕見討飯人的生疏落寞。

還有一幅畫永裱在記憶的門廊。渾身破卡其布的中年人，在鄰家籬圍門口，拄杖托缽，站立的姿態是水田中的蒼鷺：他另一塊膝蓋，黑布紮着，露出一短截肉團，焦焦褐褐。人說是在大陸逃難時砲彈炸的。

也曾有個老頭子，花白鬚，坐樹根，漠漠眼神，手裏握根繩，繩那端，一隻無聊的猴子四足踱來踱去，演不出什麼戲法，有人擲一毛，兩毛，五角……。

這些個意象，對我意味了無限深遠的涵意。模模糊糊直覺到，他們家在很遠很遠的地方，他們遭受過一陣猝擊，才使他們流落來此。

景觀

我們村家挨家、戶挨戶，平日敞着廚房後門進出。十家火車似的連成一幢，二十家面對面成二字形，中間空地尚可橫放一輛單車。浪人走過，就可越經二十戶人家討米。十八年前大伙兒住進剛建好的村子，每家只有一個十坪大小房間，兩扇門，前門出去是籬院，面向對門的籬院；後門面向對鄰後門。左右以上半截黃泥，下半截水泥的牆隔開貼鄰，一家講話三家可聞。自己省下一點薪餉，加蓋一間；過些年又攢了錢，再加蓋一間作正式廚房。小孩就從廚房跑出跑進。在兩排房舍中間空地，或是頭一家房子旁邊空地玩殺刀、官兵捉強盜、彈珠、紙牌。這互相照面的二十戶成一個單位鄰。一鄰之內，那家幾個小孩，在那裏上學都跟自家情形一樣明瞭。平面式的接鄰，面貼面的後門，二十戶近百鄰人的感情像二十條細流自然地滙集在窪谷，你我混合交融。要有那家發生一點事情，就像小水窪投進一顆小石子，全部水都隨之盪漾。男人不在家，會有鄰居幫忙殺鷄之類的粗活；打孩子，至少對鄰、側鄰共五家聽得明白。小孩子在家挨了揍都使勁大哭，鄰家不會只顧聽不來勸。也有時管孩子的大人氣急了，別家的小鬼們就來趴着紗門，直愣愣的往裏頭瞧熱鬧。喜氣更有鄰人關照：姊姊考大學放榜次晨，我們三兄弟一大早爬起來，到前院打掃落雨似的鞭炮碎屑，足足有五畚箕。

活水

兩排房子中間空地，也就是每一鄰有口井，深七公尺光景。我們村位置偏僻，自來水廠不光臨，直到今天還是用井水洗衣煮菜，搖抽水機汲水，成了小孩常幫大人幹的活。「到井邊打桶水來！」小毛頭搆不着抽水桿，就先跳到井盤上，抓住桿頭跳下來，手持着，雙腿一蹬一落，白嘩嘩的水從輸管瀉進桶裏；各家媽媽，常擡一大盆衣裳到井邊洗，做飯的來淘米、洗菜。小孩玩肥皂泡泡，大人叱趕等吃魚肚腸的饞貓，東家西家，長長短短，就在井邊喋喋相訴。

抽水管難免淤塞，碰到這種時候，全鄉男人招呼到齊，大家吆喝着，掀開水泥井盤，移開抽水機，十來個人，把通到井底的抽水管一截截擡出來，碗口粗，七、八公尺長，有如挽一條巨蟒上岸，前牽後扶，間或有大人斥喝，向好瞧熱鬧卻礙着事的孩子們。

漢子們

男人從掛臂章的士官到佩肩章的軍官都有。有的長駐柳營，聽奉調遣；有的搭大卡車到附近空軍基地上班。晨鷄引頸高啼，不是荷鋤下田，而是穿戴筆挺的藍制服，船形帽。屋旁車棚，大卡車馬達和簷角麻雀齊鳴。開車時間到，滿載人，搖搖晃晃輾過舊轍痕，打小斜坡爬上村邊大馬路。「吭，吭，吭吭！」爬坡的大卡車是渾雄的男低音。晚霞照眼明，女人收拾曬在外頭的衣物。大卡車駛回，左擺右擺，像飽食的醉漢。「爸爸回來嘍！」放完學的孩子湧上，幾十隻長手臂在車上揮動。男人一個個跨下車後搭梯，家裏的狗熱絡地向主人搭前腿，咬褲角。村的另一部分，則是草綠色大巴士。

父親經常往返於本島外島，一去一兩月。鄰家也有伯伯到過南竿，守過東引。燈光暈黃的晚上，廚房後門傳來鈍重的啪達，聽得出是在蹭掉靴底泥塵；父親深藍色的身影塡滿門框——爸爸好！我們迎上去，父親笑問功課可好，同時給我們分吃帶回的乾糧，那是黃蠟紙糊封，四四方方的厚餅乾、牛肉乾、薑汁糖。「嘖嘖嘖，又是大包小包的。」媽打量父親的行李，口氣半帶嘉許半帶埋怨。有時我們還得到村門口，提回父親暫時放着的其他行李。次日我們小孩子聽候差遣，隔壁送幾條鹹帶魚，對門送包貢糖。

談笑有戎裝，家中往來，多爲父親同僚部屬，每個人面龐都由粗稜稜的軍人式的線條架構成，樽前敍舊，有粗豪的笑語也有淡然的哀愴。我們孩子在飯桌上，也向父執敬一口烏梅、太白之類。提來給孩子的一簍橘子，一掛香蕉，該算禮輕仁義重的千里鵝毛。成家的牽着小兒女來，和我們玩耍。單身的老同事，中秋、春節每每必到。領了退伍金的，和父親商量置宅定居，娶妻成家。一聲聲連長，拙誠謙遜的語調，我領略到單身老兵的寡落。有幾雙粗禍的手，曾是抱我玩耍的手。童年所見如此，還以爲所謂大人，就得是當兵。

形象

「酒鬼發酒瘋了！把他們家水缸砸掉了！快快快！」

媽曾經這般神經兮兮地要我們拴緊房門！我們也莫名其妙地緊張畏怯。

綽號「酒鬼」的是湖南大兵，和我們家隔兩戶，我愛在他小吃的當兒跑過去。小方几一張，花生一盤豆腐一碟，太白酒一瓶。

「來來來，喝一口。」

我接過杯子，一口氣咕嘟一大口。

「好辣！」我擠眉頭，抿歪了嘴。

「哈哈，吃口菜。」他夾一塊豆腐給我，古銅色臂，青花花地刺有「反攻大陸」四個楷體字。我們這鄰修水井，屬他力氣最大；吵起架，屬他嗓門最高；對我們兒童界，他的話題也最多。夏夜，我們圍着他坐在樹下。

「全部人拼拼梆梆開槍打，我說哎唷，褲腿怎麼一摸濕了，一看哪，唉呀呀，格老子一大灘血哪！我就崩的一下栽下去了。」

「那個行軍呀，兵不兵，三十斤！」

討了一個泰雅魯的老婆，於是孩子一個又一個蹦出來，成爲我們的玩伴。

頭家的山東胖子，慣於打赤膊乘涼。爲了涼爽，夏天傍晚他老在樹下潑水，一瓢瓢天女散花。

「濟南那地方呀，水眞是清。喝，你一個銅板掉到水溝裏也看得見！」

鄰居的媽媽們歡喜串門子，反正也不過四五步路。有位微胖的媽媽，老向我笑問衣食飽暖。圓嘟嘟的臉，慢條斯理的湖北口音。對我們家是個仲裁，有什麼斥罵聲，她耳朵最尖，步子最勤。

「算了喲，一點小事動什麼氣嘛。」

從她家裏我借來大落大落的少年注音小說、《新生兒童》、《福爾摩斯》等等。家人動氣，她家是我的避風港。

但是也有個冷冷黑黑夜晚，螢光幕播放「母親」連續劇，低低的啜泣搖蕩簷瓦間。鄰人家趕過去撫背拍肩。

「我想到我家裏的母親……」

胖媽媽圓鼓鼓的手背抹過眼角，這動作在我的記憶裏常反覆着。

小商

收破銅爛鐵的，賣芝麻醬的，染衣服的，經年逡巡。

「破銅爛鐵子賣——」那是河南口音。孩子們大大小小跟着框鎯鎯的腳踏貨車，有的攀上去，他一回頭，就趕緊跳下來。

「喂，破銅爛鐵子，我要賣！」小孩的聲音。

他鐵銹的顏面，高聳的顴骨兀然愣住，尋找生意來源。

「哈哈，沒有！」

孩子們拍手大笑，他茫然的迷濛眼就淹沒在玻璃珠子似的嘩嘩笑聲裏。

「賣麻油呵！賣芝麻醬辣椒醬；賣——酸醋嘞！」

那是浙江口音，載着瓶瓶罐罐的車常經過家門口。

「染衣服兩毛錢！」

「毛」字去聲，山東腔。

以及那些「包子饅頭」——「發糕米糕——」。村全讓這些音浪輕拍着。爆米花的最招熱鬧，各家奶粉罐盛滿蓬萊米，朝爆筒排長龍。炭火紅紅，爆筒肚子圓鼓鼓黑幽幽，起鍋的當兒，爆米花的拎隻大網兜住筒口，接着撬動筒蓋——

「轟！」

「啊哈——嘔嗬——」孩子們歡呼聲緊跟而起。然後就像覓食的老母鷄，彎腰探頭，地上一顆顆碎米花掐起來吃。

銀幕

十幾年前村裏的電視天線，稀奇得像草原上的大樹。村人都高興聽到這條口傳新聞：「大操場今天晚上演電影！」我們吞完晚飯，就挾起小板凳、小竹椅趕往大操場。銀幕紮在兩株木麻黃之間，鐵圓盒裝的膠片由中吉普載來。銀幕正面擠滿了高高低低的椅凳，我們就到反面去看。夜風襲過木麻黃的肘間，銀幕旣一般地晃漾，上面的人影也飄搖動蕩，我們從這些扭曲變形的人影，辨認出嚴俊、李麗華、王引、鍾情，以及戴圓帽騎花馬的西部人，花臉長髮的紅蕃。

田野

銀幕之外，田野是孩子的樂園。我們村裏這些孩子，是綠海中一座小島，四周是稻海、稻海、竹林、竹林。紅磚的冂形宅每夕冒它們的灶煙。在村附近我們不小心踩到牛便，就說會撿到錢。我們玩一般鄉下孩子玩的釣魚、烤地瓜、捉蜻蜓蝴蝶知了。夏季我們的額頭會曬出疱。村邊馬路過去，是片水稻田、茶園，其間有條相思木合抱的小道，牛車的轍痕斜斜交叉。鄰家湖南排長，夏暮牽我小手踱步。相思樹葉比大女孩一頭黑髮還要濃密，他把跟他腰身同粗的幹合臂一抱，搖撼搖撼，金龜子咔嚓跌落，躺在地上嬰孩似的六腳搖划、掙扎。我忙着撿起這背殼綠亮的昆蟲，摘片草葉包了拎回家，縫衣線繫大腿，綠身子在黃燈下繞我童年而飛。

每家都有前院，那時多以扶桑、吊燈花之屬爲籬。我們會驚異於葉捲中躲着的油綠長蟲，捻下星瓢蟲讓牠們賽跑。夏夜藍空，衆星澄明，紡織娘躲在扶桑叢裏一梭梭鳴織。一簇簇的村人在樹下擺龍門陣。

節氣

大人對節氣的敏感連帶習染了孩子。媽媽們買粽葉，我們知道有粽子吃了。「粽子節」那天，我們額面、耳葉抹了雄黃，像平劇的丑臉。有的人家門楣上，懸着芒草梗、鬼針草葉。正月半我們叫做燈籠節，小一點的孩子嚷着要大人買紙糊燈籠，提着村裏逛，大一點的孩子早就從附近竹林鋸來竹筒，塞上破衣服扯片，對上煤油，成羣結隊繞村行，像艘燈船，臘月天的日頭，專曬村人自手灌的香腸，自家的臘肉。年初一滿村是哄哄的「恭喜發財」。出外工作的小伙子穿西裝回來向長輩拜年，上軍校的小伙子穿挺帥的軍服返鄉。大年夜，小孩子有的也能跟爸媽搓痲將。

村的另一端住的鄰人常常在屋旁草地，晾着一筐筐的白糯糰，打村裏小學放學經過，我們不解這些有什麼用，根深柢固的節氣習俗，流落在外，就帶點莫名其妙的色彩了。

那時的清明節，村人大都無墳可上。紙灰卽使化作白蝴蝶，也飛不到故園墳，家裏當頭的男人女人正年輕。

小教堂

和村幾乎同時成立的，有一座小小平房，肅穆的內廳，硬木板跪椅，曾經承受幼小的我瘦痲的膝蓋。神父做彌撒時，吐出一段拉丁語，我們聽不懂。上教堂的孩子喜歡的是吃那一小片白白的聖餅，舌頭一抵就軟了，搭附在上顎。我讀天主堂附設幼稚園時，是位長着長長白虬鬚的義大利神父，高鼻子藍眼珠，在村人看來多稀奇，幼稚園的孩子愛拽他的皺皮手，扯他的黑長袍，攀他的臂，踮起腳跟扯他的鬚，像一羣頑皮的小猴嬉遊於一株老樹。「小朋友，你們好嗎？」全是平聲發音，像櫸木板那樣乾燥結實。教堂的工友是退役老戰士，每天下午敲那口鐘，鏜！鏜！星期日，信教的太太們奔告鄰友，相偕上教堂，祈禱什麼呢？無非是外頭的男人平安，孩子聽話讀書。逢了耶誕夜，大人携孩子作子夜彌撒，平常不信教的也湊和着來。教堂側方庭院，聖誕紅蔭下，陳設着熱心的先生太太們合力畫的馬槽聖嬰；一塊藍黝黝的西亞天空，被一顆曳着尾光的星星劃過，約瑟瑪麗在山洞，聖嬰安詳臥槽中。彌撒雖冗長乏味，而村人愛聽平安夜的聖歌，完後又有贈送麵包，每人一袋三個。村人信教的，平日語彙從未出現「阿門」，每回上教堂捐獻也不過偶爾三、五元。倒是教堂辦的同樂會、茶會之類參加較殷勤。寒暑假，外國籍神父開設免費英文補習班，教友就把讀初中的孩子往教堂送。幼稚園畢業生，可以抱一長盒奶粉回家，博得媽媽欣喜。精打細算的太太，很少錯過教堂發放舊衣服，禮品摸彩，風雨無阻。從不缺席的教友，多半是上了年紀的。小腳的老太太由孩子左右攙着爬教堂的階梯，老先生唱聖詩神經質的高亢的音調，引得鄰座頑皮小孩的竊笑。信教的太太坐滿月子，會抱着襁褓中的嬰兒上教堂，讓神父對着孩子比劃手勢，洗抹頭額。小教堂也有不歡樂的時刻，我記得有次黑黑長長的棺槨停在教堂裏，村人微閉雙眼，兩手合在胸前，面向聖壇，嘴裏不斷呢呢喃喃；大卡車開來了，披黃麻的太太由大伙托着上去：「我底丈——夫喲！」小孩子看大人哭，只會瞪圓眼睛。

生計

村的經濟是自給自足式的經濟。男人的薪俸，以及吃的在來米、麵粉，按月送到家。太太們都得是打算盤的能手，倘若多上幾趟街，買多了東西，或是碰到孩子開學，就有透支之虞。孩子的零用錢，多半是一毛、兩毛，能拿到一塊錢就是很大的財產了，那可以買十個醃橄欖，或是三十個小彈珠。

市場在村的中心區。也算趕趟兒吧，附近田間的農人，手推車載了冬瓜，擔子裏裝着大清早才挖起來的新鮮玻璃菜，或是桶裏盛着活蹦蹦的泥鰍，陸陸續續，熙熙攘攘。鋪開攤子，擺上秤子，展示紫溜溜的茄子，青嫩嫩的萵苣，肥膩膩的五花肉，翠盈盈的茼蒿……。市場頂篷之外，是繽紛的地攤。小販們操着生硬的國語叫賣，小孩的手槍、洋娃娃，女人用的梳子、圓鏡。太太們做完早飯，男人出去了，孩子也戴上小黃帽，背帆布書包走了，就挽一只鐵線籃兒，上菜市場去，「你們家昨天來客人啦？晚上好熱鬧喲。」「張家老粗昨天又打孩子了。」「李家老大上幼校去了。」

村裏的新聞在這兒口頭交換。

夜思

入夜，全村在夜的黑翼下靜靜憩止，十一時許就沒有人聲了，也沒有縱橫的夜行車，聒噪的喇叭聲，間有多疑的家犬你唱我答地引頸高吠，或是零落的汪汪，或是一落滾石似的連聲長嗷，疑似危崖嗥月的孤狼，在一片靜謐中忽地拔起，略帶幾許淒清。宅的旁側，有列蓬鬆的木麻黃，黑風打葉叢篩過，似拍岸的輕潮，午夜夢迴，深更夜讀，會有一波音浪誘人豎耳諦聽。十幾公里外小鎮的火車，孤零零的汽笛哀鳴，若有，又若無，這悠緩的沉鬱的汽笛竟凌越了偌長的距離而絲毫無阻；傾聽這笛音，這遙遠的懷鄉的呼喚，像睡夢中床畔母親的話語，令人追憶某一片平原，某一夜的烽火。村人按習慣熟睡了，預備次日的作息。幾千個夢在幾千個枕上進行，會有多少舊日魂魄入夢呢？

再回頭

彷彿從一個悶黑的電影院，再度回到光亮的戶外，經歷四年多的負笈遠讀，迫使我一度又一度奮目審視家鄉，漸漸，村，已非童年的村。

行經村大門的新建金字牌樓，大操場早已鋪上了水泥。偈促一隅的村辦公室，遷移至新建的活動中心。柏油道在鄰與鄰之間縱橫。向往孩子們總愛擠到鄰家看電視，而今電視天線在家家戶戶，似叢生的稻稭。一度營業的村邊小戲院，改成紡織廠。新起的社區，新蓋的工廠，向村落包圍，村中有高的建築物，是小教堂拆建而成的哥提克式大教堂，有尖聳的鐘樓，弧頂七彩玻璃窗。

那些一度飄然而臨的浪人，起落的叫賣聲，已經跟童年一樣的遙遠。他們的身影是隨風逝的黃葉。田野的綠色，被代以水泥平房的灰白色；竹林被芟伐，村邊馬路對面紡織廠的機器整日隆隆喘，在小河裏漂布，魚蝦皆亡。

村人陸續地卸下藍、綠戎裝，藍色大卡車的駕駛士，換了橙色計程車。

「我們要和我們的兒孫輩競爭哪！哈……」一位計程車司機這樣感嘆。他是退役後，買了部車，自己做生意，一方面圖個自在，一方面有四個孩子在唸書，這樣錢寬些。

鄰家伯伯搖身一變，軍人的克苦轉爲農人式的辛勤，每天大清早滿車青菜蘿蔔，市場裏賣剩的，回來提給左右鄰舍，一番客氣推拒之後，是連聲的道謝。

每天清晨發動摩托車引擎的伯伯退役較早，已經五、六年，天沒亮他騎車到六、七公里外鎮上火車站領一大疊厚厚的報紙，回村派報。他的六個孩子，已有三個幹起活，有到都市的，有到附近工廠的。他們家的破紗門，孩子們一度推推碰碰，現在前院立起兩層高樓房。

鄰居裏一位長輩這麼說：「我們老囉——這輩子也不指望享孩子的福，他們能把自己顧好就不錯啦。」語調悠悠長長，但也透着幾分老當益壯的豪氣。他的退休金全用在一個兒子身上，兒子要讀私立中學，要上補習班，終身俸已夠老夫老妻開銷。這些件戎裝褪下之後，我看到的是內面的硬朗，像稜角浮凸，原來外面的戎裝，一直是以內面的浮凸硬朗爲底啊。

村裏小理髮店的女主人，她的男人被肝癌帶走了。我還記得男主人的模樣：幾年前晨起推窗，總看得到他笑嘻嘻地騎着二十八吋載貨腳踏車，龍頭的籃兜裏一落摺成八開的報紙。訂戶要是在七點鐘以後起床，可在門框底、窗縫裏找到他送來的日報。而小理髮店的剃刀兀自噠噠響，女人面前，長葉剃刀、髮油、磨刀帆布還是一樣，兩個不超過十歲的孩子在圓腳躺椅下玩耍。

有幾家大門口，貼過了「慈制」、「嚴制」的字樣，赫赫然怵目的白紙黑字。

兒時玩伴呢？玩「殺刀」愛當首領的，入了岡山幼校；打玻璃珠最會贏的，住進臺北讀工專；跳橡皮筋牽繩的女孩，到附近電子工廠工作。經年在外，舊遊偶爾相見，也訥訥相對，只能抱以淡淡的笑，不復能嬉笑暢言；後期的生長環境，教育，使原本同一主幹的枝梢，向各方向發展，乃至遠遠相隔相異。

我們不是農村，子弟不必繼承父業，留鄉耕種；我們也不是城市裏的商家，有上一代的資產可作生意資本。適合讀書的，長輩都往外地送，希望他升學、升學，其他的，海濶天空，任憑闖蕩。

隔條柏油道，另一鄰的家裏沒了男人，孩子裏的老三，高中畢業了，要上漁船。做母親的哭着，扯住他的衣袂，他揚起頭，揮手說：「沒關係，三年以後，我就從高雄港包計程車回來！」

村的外貌儘管變，若干植根人心的習俗還保存下來。

年假返家，紅白駁花的香腸又串在竹竿上，晾在屋簷下，醃好出罎的臘肉給多季小陽春的日頭炙出了油，亮閃閃而欲滴，沾在肉上的黑色花椒、褐黃八角可以歷數。一波鹹味挾帶肉味湧進鼻腔。暮靄中，主婦高舉雙臂，搆下搭在兩簷之間，串掛了香腸的竹竿，她整個頭襯着夕天的灰雲，斑白的鬢腳，在晚風中溜溜翹起。幹完活的男人在屋邊大石上歇下了，打開話匣。以前的大兵伯伯穿着白汗衫，手持一杯太白酒。

這就是傳統吧？謙卑無言地遵行一個習俗，堅持一個倫理模式。歷史的颶風來襲，衆人流離，安詳生活瓦解，被迫冒着烽煙，尋覓立足新地。在這個過程中，許許多多傳統的習俗、信仰、道德，化作三春柳絮，飄散於動盪的風暴，湮沒於都市的油煙，變質或消失於另一種全新的秩序。而有一羣人，在同一個機緣下，受到照拂，得以落地生根，聚居在同一塊土地，同一片房村，融滙成一體的感情，傳統，是分割的玦玉，持在各人手中，一旦再聚，又自然地呈出自己保有的片斷，和衆人拼搭湊和，搭一村小小的中國，雖不能全，亦自成氣候。

從童年就有這個印象：村的上空一架飛機掠過，尖削的機身輝耀銀刺刺的光刃，咻咻嘯嘯地沉入遠天，留下一句沉雄的隆隆。

過往，不啻是削過頂空的飛機，機身雖去，隆隆之聲仍舊迴盪耳鼓，恍惚在低低告訴我：它曾經存在，曾經佔有大幅時空，在這麼一個村子裏生長，我得以讀到一些大陸文化的遺業和往事，回首前塵，令人更嚮往一個溫柔的夢，一個重建故園的夢。

民國六十七年二月二十一、二十二日聯合副刊

鄉愁即興

不只一次了：你每離開原有的事物，在心理距離之下，往往是銷骨的鄉愁令你軟弱無力。或是一段小說般的感情；或是一場唯美電影般的生活；或是在一座山下一幢古屋裏的孤獨。

你不相信一度失去的事物可以照原本復得，就像你不相信今天的天空可以複製昨天的雲。所以當你與某種事物結合的期間，你貪婪地攫取，渴望永遠將它挽留，有甚於母親想留住翅翼已壯的么兒。結果總是：一張張曾經深深佔據你大片內心的面容，斷線風箏似地遠颺；一場場曾經緊緊擁抱你的生活，擲給你電影散場之後的落寞。比方說你進入二十歲之際，碰巧在你整個十九歲進行的感情被對方鍘斷。初度失戀的創痛，使你整個生命倒懸，你忘記了自已的身分、責任，漫無邊際地追尋對方的蹤跡，企求一個能將你整個生命還原的微笑，一個能帶來狂喜的允諾。在這種苦澀而無望的二度追求過程裏，鄉愁便漸漸、漸漸在你內心落地生根。你以你的記憶，暫時擊退時間的冷酷，帶你回到你最珍惜的那一截過去。四目初會的震驚。初吻之前的渴望與陰謀。誓言碑文般地眞確。你們曾經同遊一塊剛被砍伐的相思林地，那時白色的木屑血流滿地，空氣裏遊走着濃重的樹液的氣味。鄉愁讓你的鼻腔裏又充塞着那種氣味，強迫你去承認當前的割離，你的喉嚨便哽咽一股令人窒息的哀痛。

還有，你沾了一天的都市油煙回來，子夜零時公寓裏遲來的靜謐中，鄉愁便乘着習習涼風，降臨於燈前凝思的你。彷彿又是大學生時代，你在指南山麓租的一幢古屋。那是幢農村三合院改裝的學生宿舍，有古舊的石磨、犂、甕，廢棄在種有蓮霧的後院。一進入朱瓦覆蓋的小屋，在學校裏所染到的少年的挫折，青春的感傷，就被關在門外了。窗外是片肥綠的菜園，窗口兀立一株苦梨。在這個五個榻榻米大的小空間裏，不再有別人，你的唯一伴侶就是孤獨。那時你感到你跟自己是何等親近，你的孤獨何等淸徹。靜夜孤燈下，你一一檢視你年輕內心的傷口，你是你自己最佳的撫慰者。你孤獨着，你的鞋是入港的船，溫柔地憩在你的床下。偶爾有腳步聲稀落地移向你的房門，你的內心便昇起期待：是個知友，或是你想望的女孩？靜夜孤燈，一壺鐵觀音，你徜徉在稿紙或者好書，直到凌晨四點鐘指南宮的晨鐘悠揚播盪，催你入眠。

就這樣，鄉愁常常引領你回到你生命中最珍惜的兩樣事物：你曾經擁有的感情與你曾經擁有的孤獨。前者曾將你導向另一個人生境界，展示給你生命的豐盛；後者曾讓你返回自身，自我觀照，獲得心靈的卓立、澄明。你會感覺鄉愁是好茶下肚之後舌上的餘甘。而鄉愁欺騙你！它帶你所到之處都是虛妄，你知道那些都是已經失落的。昨天的雲無法重現於今天的天空。你會在鄉愁中耽溺一兩個鐘頭，悵惘得不欲走入明天。你問天「爲什麼人不能重返故園」。你恐懼明天以及明天的明天。你在「現在」呼號像初生嬰兒爲了被逐出溫暖多水的子宮而悲啼。爲你曾經有而不再有的事物而鄉愁；爲褪色的美，失去的愛而鄉愁；爲生活的貴族而鄉愁；爲曾經撫慰你，蘊育你的事物而鄉愁；爲了你離生命的終點今天比昨天近，爲永遠放逐你到明天的「今天」而鄉愁。鄉愁是泥沼，是漩渦，是靈魂的貧血症——但是！你不是有一回與友人同聽一首歌，在音程轉調之處，你聽到減五度和弦的尖銳。你的朋友解釋說：「這一小節的不和諧和弦，可以過渡你到一片新天地。」於是你說，「它」就是鄉愁，在生命這支曲子裏。

民國六十七年十月

人生難得幾回失戀

失戀往往發生在一種人身上：愛神的選民。對某些人而言，戀愛只是副目標，只是達成虛榮目的或社會地位、經濟利益的手段，失去了所愛者，他可以找另一個對象，或經由他種手段，達到他的主目標。惟有把愛情本身當做戀愛的鵠的，全力以赴，爲愛情成爲瘋人兼詩人，無關乎實用價值，才有能力感受到失戀。向來，此類人以青春年少兼有閒者居多。

文化帶給人語言與思維，人便感到生而孤獨，充滿了「不知我是誰」的恐懼。於是他以語言和思維塑造了愛情，把生物性本能點化爲高級的存有。經由對方對自己的讚美、肯定，以及彼此人格的緊密聯繫，戀人發現自己告別了孤獨，在對方眼中看到自己美麗的倒影，充分感到自己的存在。唯恐這個存在感不夠強烈，他們汲汲於把對方雄偉化、重要化。他們搜索一切語言讚美對方，直至感到語言乏力；他們任自己的意識活動被對方塡滿，自願被對方奴役；他們以一己的大能，做大手筆，博取對方的喜悅，不惜觸犯律法。這些都顯示了戀人做夢的能力極強，幻望愛的幸福永恆。你要是告訴那對熱戀中的男女，什麼「諸行無常」、「愛情像流水易逝」，他們那副不信的樣子，好像你在描述你見到了外星人。要戀人認識愛情的無常，只有愛情本身給他開一門課：那就是失戀。

據我的切身經驗，朋友失戀，最難纏。失戀者總認自己的痛苦是全世界最偉大的痛苦，他挨家挨戶，向親朋好友展示他被釘上十字架的靈魂。如果你重義氣，自我中心的傾向比較不嚴重，能耐心診斷他的痛苦，你會設法安慰他。最簡單的方法是，和他結盟，大罵對方寡情負義，愧對上蒼，屎屎不如。他聽得正過癮，稍後又憶起熱戀期種種幸福，便馬上否定你說：「不！你不可以這麼指責他，他不是你說的那樣。」這麼一來，你這個當朋友的又做了一次惡人。如果你哲學一點，從愛情的無常談到人生七苦——生老病死，愛別離、怨憎會、求不得，你言之鑿鑿，邏輯森然，像柏拉圖《對話錄》的蘇格拉底，他好像聽了進去，有所思考，大爲感激你以慧劍斬斷他的纏縛。語畢，他的感情狀態是：「不錯，你說的都有理，可是我還是要想她，還是要痛苦。」搞了半天，你的諄諄教誨毫不奏效，只是他的痛苦之配樂。

其實，失了戀，找朋友倒心靈的垃圾，募集客串的生命線，已屬上乘的療傷止痛之道。下下乘是社會新聞版留名，或以痲繩爲一生中最後一條項鍊，或潛泳淡水河三日夜而不換氣，或跑遍西藥店零購安眠藥，向自己批發。我所知道最壯美的傳說是：某大學一男生，有鑑於女友別戀，遂於月黑風高之夜，自礦油行購得五加侖汽油一桶（加油站奉命不對桶子加油），輕裝便鞋，火柴一包，直奔木柵指南山，臨崖汽油遍澆全身，火柴一擦，向崖下奮力一躍。我不知道上述諸君在將死未死的一剎那，有何感想。不過他們都有一個共同特點：遺恨人間。不慣爲文者，行動前會打打電話，對親友胡說八道，暗示他的自殺動機；習於文墨者就和盤托出：「親愛的爸媽：我去了。原諒我未能報答養育之恩。我的死純屬自決，千萬別怪到她頭上」，然後是「×××〇〇〇……」。翻譯成白話文就是：「你混蛋，膽敢拋棄我，到別人的懷裏享樂，不管我有多痛苦。好吧！看我來這麼一招，教你一輩子痛苦、罪惡！」遺憾的是以死爲報復手段者，原是要造成對方的痛苦罪惡，甚或當下跟進，但他已見不到效果，無法獲得快意。他自殺時，心理年齡已退化到三歲，像小孩子因爲媽媽不買洋娃娃給他，以不吃飯威脅。所不同者，小孩子還可以在下一餐大補一頓。

還有一種失戀者的行動，也屬激烈手段：採用暴力。我知道一個心理問題個案是這樣的：某生失戀，意圖報復，乃搜得糞便一袋，至負心的人下車處守候，屆時舉袋相迎，當頭淋下（讀者幸勿學樣）。又有某男縷陳情史時，炫耀他曾當着前女友新情人的面，摔了她兩耳光。奧運如增設耳光賽，登上王座的非失戀者莫屬。若是憐香惜玉者，無法對女流之輩下重手，則鳩集義軍，圍捕她的新情人，替天行道。從法律上來說，我們當然不贊同這些衝動犯所爲。另有智謀犯，製造輿論，登門訴寃，迫使對方焦慮。比方說：「老伯，我跟你女兒煮成了一鍋蓬萊米飯……」或是：「伯母，我已經……三個月了。」要不然就是立誓終身不娶或不嫁。衝動犯做案之後，已成了惡人，不再那麼理直氣壯了；倒是智謀犯以無辜被害的姿態出現，直能將對方活活氣死。

對失戀所採取過的最高段行動，非藝術家莫屬。自憐、憤恨之餘，音樂家可以把他的痛苦加入音樂裏，像貝多芬，他的《悲愴奏鳴曲》、《命運交響曲》等等，讓我們今天還在唱機前分擔他的痛苦。文學家則把對方安排爲作品裏最可憎的角色，使對方在每一版丟人現眼，以逞其快意。我們要是正色探討失戀者的精神狀態，就無怪乎這一族人種種奇行惡狀了。

戀愛中人都信奉愛情，以愛爲食。一旦他失去生存中心，他感覺到他突然陷入孤獨，這種孤獨是比戀愛前更陰慘、更酷寒的孤獨。世界欺騙了他，沒有按照他所希望的樣子進行。他當時那麼信任、仰賴對方，如今被出賣了、被凌辱了。他成了任人玩弄的物，而不是主動的個人。他充滿了恨，又恐懼沒有對方的生活，他怎能忍受。爲了自我調整，他促使自己認知：舊情回天乏術，對方退出他的生活，他在芸芸衆生之前又見到海濶天空。可是他感覺到的仍是一片灰茫、陌生的世界。他見到對方絕情的行動，心裏卻想對方移情別戀，是執迷不悟。爲了證明自己的無辜，他查查自己的愛情資產負債表，到底誰欠誰？結果總是人負我。其實，在愛情裏，兩人是做着無限的借貸與償還，根本算不清誰欠誰。他努力逐退關於對方的記憶，但是短期之內，他的意識活動還是受着對方的奴役。他（她）精神鬆懈時，就忍不住想到：「她（他）現在正在做什麼？」特別是舊時遊蹤，一草一木都沾染了她的色彩，曾經使他那麼甜蜜地想念她，如今成了致命的毒藥，帶來令人窒息的哀痛。於是某些場所成爲禁區，某些他們曾一同吹過的風，一同度過的季節也該查禁。更可怕的是對方的情書，一個人曾經爲他塑造了那麼熱烈的語言，以那麼眞誠的愛呵護他，怎麼可能會變得這麼絕情？他要是忍受不了對情書又怕又憐的感覺，只有焚祭逝去的愛情。在失戀的創傷平復之前，萬一對方嫌新人不好或是遭拋棄，又要重回他的懷抱，他是一點拒絕能力都沒有的，其結果愈發不可收拾。對方曾經犯下大罪；毀滅他的夢，他怎能毫無怨尤與她共度，而不思以各種方式回敬她？寬容對方，這是凡人所無法達到的高超道德境界。這麼說來，要逃避孤獨，還得故技重施，那就是再度追求愛情。失戀者被害、無助的心境極易引起他人的憐憫，他自己在愛情方面極度匱乏的狀態，使他很容易被感動，人家只要稍稍示好，又重新燃起了無限期待，他誤以爲自己又在戀愛。和新戀人相處稍久，他很快厭倦、無力，這才發現這種感情不是愛，是情緒與假象，因爲它未經相當期間的人格互動。他要是再楣運點，好不容易發現自己愛上了某個人，正因爲自己「能愛」而沾沾自喜，對方又退避，那他的舊傷未平，新傷又起，挫折感深之又深。這種被害感和「愛無能」的症狀使他恐懼愛情，不敢再度將自我投入另一個自我，去忍受焦灼的相思、濃烈的喜悅。

聽過這麼一個故事：離過婚的甲女與乙男相戀，未幾，棄乙他去。乙男初度失戀，大呼痛。甲女說：「他對我算得了什麼？」嗣後乙男與丙女相戀，復棄丙女他去。丙女哀甚，告白：「他是我第一個男人。」乙男談到丙女便說：「她對我算得了什麼？」我想，失過戀的人總設法降低自己的愛情投資成本，以儘量防止再度失戀之痛。在他處處設防同時，他也相對地失去了愛情的狂喜，削弱了愛賜給人的存在感。到他感受不到失戀的時候，他活活潑潑的好奇心、對周遭事物敏銳的感受力也喪失殆盡了。他蒼老了。

有人會問：爲什麼我一再強調戀愛必會失戀？我認爲愛情的本質已經明顯地預示了它極易幻滅。巴斯噶（Pascal）的《沉思錄》提到：我們愛某個人，是因爲他某些特質吸引我們。一旦他這些吸引我們的特質沒有了，我們對他的愛也就消失了。我又發現，某個時期我們會喜好某些特質，一旦我們對這些特質的喜好沒有了，我們對他的愛就無處着力了。而我們是那麼無視於人格的易變性，橫暴地以我們所希望的型態強加給戀人，彷彿在說「你不成爲我所希望的樣子，不能得永生」。有什麼人能長久保持當初吸引戀人的特質？有什麼人能長久喜好戀人當初吸引他的特質？有什麼人能夠長期忍受愛情裏變相的奴役，意志的強暴？此外，愛情的外在因素也威脅它的壽命。情定終生、生死不渝的愛情故事只流行於古代。古代（工業化以前）的社會，和今日比較起來，價值體系是那麼安詳，一切有固定軌道可循，社會命令幾乎貫徹於每一成員身上，人與人接觸較不頻繁，每人有固定的生存土地，較可能發生情定終生之類的事。而現代——社會結構劇烈流變、人際交往面大幅度擴充、價值體系痛苦地顛簸，再也產生不了苦守寒窰十八年的王寶釧，雙雙殉情的羅蜜歐茱麗葉。生死不渝的愛情故事，徒增人對古老世界的鄉愁罷了。現代人對愛情的做夢能力愈益薄弱，對愛情的宗教狂熱加速度消退，也許某一天世界變得「不可思議地美麗」，「愛情」這兩個字只能在未來的《康熙字典》查到了。現在許多人一次失戀以後，對愛情的得失，變得如莊子言「大澤焚而不熱，河漢冱而不寒，疾雷破山，風振海，而不能驚。」若干人心靈衰老的速度捍過了肉體，則在失戀的創傷後，傾向反既存價值的虛無主義，刻意強調愛情只是生物性衝動。

更悲哀的是某些人天生沒有能力失戀。失戀者的行動，不論是自殺、暴力、昇華抑是感傷主義，都隱含着對愛情的極端肯定。哪個人失戀之後，敢拿談第一次戀愛的狂熱再度戀愛，接受「愛情的無常性」挑戰，對愛情眞是肯定又肯定。若有朋友失戀，我會對他說：「恭喜你，你的心年輕得過癮。」失戀，不管再怎麼無理智、蒙昧、荒誕，總比藉以逃避痛苦的大痲木，藉以自我防衞的虛無主義美多了。失戀是一種生之讚美，呼喚他人齊來做水火交侵、悲喜更迭，有血有肉的凡人。若某人終其一生都在失戀，那眞是神之子了——不是耶教的God，是古希臘的愛神 Eros——合當世人搖棕櫚枝、高聲歡呼相迎。

民國六十九年十一月四日人間副刊

浪子吟

一個鉛灰色的冬暮，我從外頭奔波回家，以爲得自己做晚飯了，因爲母親說過這天要回鄉下找村裏的老鄰居敍舊，父親在醫院裏，姊弟旅居外地，面對空蕩蕩的客廳，陌生的廚房，頓時湧起淒清無助之感。不想沒幾分鐘，母親急急忙忙開了大門、二門上樓來，喜孜孜地說：「唉呀，我就曉得你要等到媽回來做飯。」乒乒乓乓半個小時，桌上已羅列着熱騰騰的飯菜。我撥動筷子，沒多久，在空心菜裏吃到一根白髮。默默地揀開母親的白髮，才發現這日日的一桌熱騰騰的飯菜，象徵我生命裏多麼不可缺的事物。

我一向被母親說是最不顧家的。這也難怪，從上高中旅外住讀，一直到大學畢業服完兵役，就業這兩年才長住家裏。求學的時候，總是生活費用完了才想到回家；放寒暑假，在家裏蹲不到幾天就要回學生宿舍去過日子。平日難得寫一封家書，就是寫也短得像便條。可巧退伍回來，父親長期癱瘓在醫院病床上，姊姊出國做事，大弟弟接着當兵，小弟弟住讀，家中剩我長伴母親，一時之間，我不能適應時時有人跟在後頭叮嚀的生活，抗拒母親到時間催我上班，抗拒天轉寒時母親叫我多添衣服。然而，我的不遜，我的不耐，到了母親身上，總幻化作無害的花朵落下。我仍是母親眼中該受無止境照顧的孩子。

記得小時候母親被我惹惱了，曾說我一句：「你跟你爸都是一個鬼變的！」也許是秉受父親硬骨頭的遺傳，任何事情只要經過我的心理過程下了決定，別人絕難更改；若是父母親反對，反而堅持得更絕對。而且大人禁止做的事，偏喜歡去嘗試，這麼一來吃棍子吃得最多的就是我。父親半生戎馬，當年從大陸轉進來臺一無恆產，只有驅策兒女規矩讀書，不要再吃自己當年吃過的苦。他以軍令式的嚴格，要求我們服從他的規範。母親夾在我和父親中間，充當了緩衝的弱國角色。每當父親大發雷霆，對我痛加棍責之後，回房懊惱傷心，母親就含淚爲我的棍創抹萬金油。父親經年駐守軍營，在母親的隨和性格之下，我得做許多當時可算是恩寵的事情。我吵鬧幾天，賭氣不吃飯，母親會撙節菜錢，讓我參加橫貫公路的健行；我書包裏雜七雜八的課外書，母親見了只是皺個眉頭，叮囑說「你爸回來可別讓他看到」。於是我的少年時期，因母親而享受到精神上和行動上的自由；也由於這個自由，我進入母親和父親都無緣了解的世界，遠離了家庭。我縱恣吸納傳統以外的思想，耽溺少年的感傷，尋求青春的歡情，從而進入自己的抽象思維世界。當時我最嚮往捨棄固有，向未知探險的浪子精神。

為了成就自主自足的個體，我首先在精神上擺脫對家庭的依附。我相信隔離了親情，人可從而獲取一種無情的力量。於是在學業上，感情上，以致部隊裏，遭到大挫折，我從不向家裏訴苦尋求安慰。父親嚴峻性格影響之下，我很容易地學會咬牙承受憂苦，待它離境。當憂苦的重量快要壓垮我時，就暗自流淚舒洩。吃苦頭經驗多了，我更學會避開危險情境，保護精神，不讓它陷於需要外援的絕地。可是我還是有逃不掉的時刻。

服兵役將滿一年時，駐防外島，家裏發生了椿變故。父親退役轉業監工，在一次意外事件中砸斷了脊椎骨，從此再也無法知覺下半身。母親悲嘆的信接踵而至：她每天夜裏得醒來為枕畔的父親翻身；晨起得為他神經失控的下半身摳出糞便。父親從一家之主變成最需看顧的弱者，每翻一個身，就淌一灘淚。接着，我自己又經歷了常常聽聞的事——服役期間的情變。傷情失意之下，我和家庭的心理距離接近，家書開始寫得勤，我熱切思念的地方，只剩下一個點，那就是我的家。千盼萬盼退伍還鄉，捱過舟車之累，奔上四樓，母親正是我最需要的人。母子相見，各懷悲愴，我眞想同電視劇那樣母子抱頭痛哭，一洩一年多的積苦。可是文化配定的角色不容我放縱感情。

前年工作不稱意，痔瘡大作，送進醫院開刀。我不知道痔瘡切除是最痛的手術之一，以為上了痲藥可以無知無覺地安然度過。不想手術完成，痲藥效力消失當夜，傷口的痛楚遠非我咬緊的牙關所能抵擋。那種痛不像外傷向外散，而是經過臟腑往心裏鑽。意識模糊的同時，平生種種悵惘悽愴的回憶得隙躍動，正感到快被摧折了，忽聽見母親叫喚的聲音，穿透夢魘般不爲人知的痛苦。那是她一直守候在病床邊。我對母親縱情說痛，呻吟着需索慰藉。母親沾濕棉塊爲我潤嘴，焦慮探問手術後身體狀況。從身旁這點散發着溫暖的熱源，我重獲忍受痛苦的能力。雖然次日很快恢復了耐力，告訴她毋需奔波探病，因爲父親療養院那邊也夠她累了，可是這回經驗令我驚心：我對母親竟有那麼根深柢固的需要。

我的任性，使我沒能以母親所理解的曲意承歡、晨昏定省的方式愛她；母親家務世界單純，也無法以足夠的知識一一照拂到我精微的精神需要。我曾經在無愛的處境生存，承受不爲人了解之苦，並以此自豪；可是反觀白髮飄落的母親，她這一生背負的禍福又豈是二十七歲的我所能抵上？

生長在戰亂年代的母親與父親赤禍聲中匆促成親，轉進來臺。所屬的時代沒讓她得到受教育的機會，她所學到的是如何撙節開支，在物質匱乏的環境存活；而思索的是營中父親的歸期，家人的飽暖憂樂。爲了子女工作與求學投身大都會，在這種於她一如叢林的地方，她限於知識與經歷，沒有社交圈可供消閒，也沒有嗜好供娛情遣興，孤獨來時，只有撥個電話給和她背景相同的舊識聊天，把乏人回響的話語透過話筒傳出四樓公寓。說來堪笑，她年輕時熬着流離與清寒，老來子女長成，生活安定，經濟稍有起色，卻又無素養享受現代生活的奢華逸樂。她所自來的傳統，教給她種種孝親之道，她的兒女卻在時代的快速的變動中被重新鑄造，她年輕時付給父母的敬畏屈從竟不得回報，而這偏偏又是她所理解的幸福的最大來源。她和許多五十上下的婦女一樣，屬於那犧牲的一代。特別是安享清福之年，又逢父親驟遭橫禍，三十餘年來勞役糾纏，孤寂逼殺竟無休止。她的中國人根性缺乏宗教感性，遇苦難仍不識萬能牧者的上帝；她的村婦頭腦不具涅槃解藥，到不了超脫苦樂，頓悟無我的境界。而她居然活過來了，並以家務的操勞爲我換得安逸，以瑣事的煩心爲我換得精神的奢侈。她直如大地，承受一切風雨雷電而不改本貌。

而我，從母親那兒受賜精力與奇想，對萬物的必然遷滅也稍有體會了。我的友情，會因時空阻隔而生疏；我的愛情，以互不相識開端，以互不相識終結。我所投身的科層體制，要求我們扮演不情願的角色。旅行在這廣大空漠、易於迷失其中的世界，沒有什麼感情或信念可讓我永久棲身，我只是越發不知道他人是誰。可是從眼前這桌熱騰騰的飯菜，我知道母親是誰。母親關愛的常道，像星球運行的秩序，從未遷滅。當我探索生活的盛情到達頂峯，我可以完全不睬於母親的懸念；疲累了，顛躓了，就回頭在這常道裏重獲繼續前行的勇氣，去迎接下一場衝擊。她的愛，曾使我在求知、創業的冒險中離她越來越遠。及至這施與受不期然契合的一刻，我們的存有暫時交會了，融合了，如同某一個我尚在襁褓中的日子，無意間向她展露微笑，同時得到她的微笑。

民國七十二年五月八日人間副刊

冬之夢

隆冬掩至，我喜歡自困斗室，任思緒飄流。我幾乎可以看見寒冷似銀針在空間中穿梭，不時沒入我的軀體又游走出去。也無需升起爐火驅寒，因爲手腳凍得快僵之時，適足以令人削減行動，返回內心，翻檢一些平日未曾留意的角落，諸如失落了的記憶，未曾實現的祕密願望等等。內省良久之後，我能感覺精神也皺縮成球，脫離紛擾的外界，耽溺在自我探索之中。於是我的心中便升起一幅巨大的夢景，夢景中又有夢：

一、冰原

我被投入一片冰封的原野，這裏荒寒如月球的表面。沉重的陰霾低垂摩地，銳利的朔風奔襲抵天。我已忘卻了我的出身，我的性情，我的目標，只隨時東時西的風向漂泊着。聲音凍結了，視線也凍結了，沒有傳來任何有關解凍的訊息，一直是這片冰原以酷寒凌虐我。受迫於這片寒冷，我自然而然地衍生了一個夢，夢裏，我赤身裸體奔跑在冰原上，手中扣着一塊燃燒得赤紅的炭，藉以升高體溫，我乃得以在夢之外抵抗這一整塊冰原的寒冷。可是，很快地，這個夢開始生根，隨着做夢次數的增加，我手中的熾炭不斷增熱，燙得我拿不住也扔不掉。我第一次受不了炙燒，狂叫着醒覺的時候，我知道了只有讓一個人進入我的夢中，接過那塊熾炭，才能紓解我所苦的炙燙。於是我開始尋覓，踏着凍土，夢中攜着炭，來到霧園。

二、霧　園

她住在一座背對冰原的花園中小屋，屋外飛着重霧，我是迷途才來到這裏。我全然看不清園中植物的種類，也辨不出所來的曲徑，更認不出她時時被霧包裹的面龐。我只是聽到她迷茫的聲音說「我知道，是你的夢指引你來的」，我又爲之狂喜恍惚，忙着釀構詞句回應她，並惟恐人所創造的語言不足用。因着我們之間精妙而繁忙的讚美和許諾，我們感到彼此的命運緊緊相絞，勢必收容對方。雋語像暮春花瓣，不時自我們嘴上飄落，我們更在園中摸撿石塊，磨成設想對方所喜歡的形狀，贈給對方，用來裝飾我們的對話。於是，美言膨脹到如同管弦樂的全體奏之時，她終於進入我的夢中。我把熾炭乞憐似地遞給她，她依稀是微笑着，欣然接過，可是又立即驚訝於炭的熾熱，驚叫着從夢中醒來，強忍苦楚，淌下淚水，抱怨我所加諸她的。我試着安慰她，以命運爲藉口請她諒解，然而她吐露的仍然是惶惑與怨恨。我這才了解，原來我們對彼此的話，雖是聽進耳朵了，可是只當音樂來聽，我們的心，甚至卽便是我們的身體，仍然遙遠相隔，互不交會。

我們豈肯就此罷休？依然日日夜夜製造速成的雋語取悅對方，誇大地許諾一千個永恆的忠誠，以一千個比喻描述不滅的信任，好讓她不斷進入我的夢。然而，我們的語言用久了，終究失去了當初的新鮮與光澤，如同表面磨平，失去了面值的硬幣。我夢中的炭，愈益熾燙。有一次，不耐於身體的疏隔，不理會她說的「在這世界上，我找不到比你更可貴的事物」，我在夢中把炭遞給她的唇，而她慘叫着逃開，彷彿碰到至爲可厭的事物。我醒過來，暴躁脾氣被激起了，開始和她爭吵乃至鬩牆。原先當作馨香用以互相讚美的話語，變成用來格鬥的刀劍。她進入我的夢的次數愈來愈少，我手中的熾炭只剩自己握着，忍着。在頻繁的爭吵中，霧已散去，我眼前呈現一張虛弱而陌生的臉，我們這才發現，我們從未看清對方。用不着誰先提議，我們從彼此的眼神中讀出告別之意。我認出了出路，帶着受傷的記憶，離開霧園。

三、幽林

一出霧園，我又回到冰原，繼續我追尋的旅程。憂傷籠罩着我，如同大氣壓力，無可逃避。我仍然做着相同的夢，握着相同的炭。我想，在這冰原的疆域之外，總該有另一種情境，另一種遭遇。後來，我在冰原的終端發現一片幽林，幽林之內一泓泉水旁邊，她正在入浴。遠遠看是一點顫動的白，走近去是一張全新的臉。她一手挽住烏黑油亮的長髮，一手半遮胸部掬水，黑髮底下，魅惑的聲音發自豐潤的唇，向我說到：「不論你去過哪裏，要到哪裏，總是會來到我這兒。」我上前去，觸着了我在冰原獨行時從未認識的溫暖肉體，還沒時間思索，就順勢躍入手中湧動着的一片肉色波浪。

當我喘息稍定，興奮初退，我這才意識到，我在霧園的遭遇，比起這裏，是多麼蒼白、縹緲，方才的無上歡樂，啓示我全新的意義。我昏沉之際，她立即進入我古老的夢，不僅輕輕承接我手中的炭，更無比憐愛地捉着我的手，讓熾炭熨着她赤裸的身軀，紓減炭的灼燙。

我一醒就擁她入懷，有時我也在昏沈中被她擁入懷而醒覺，然後，一而再、再而三地攀登肉體的狂歡。我們躺過之處，草木爲之焦枯。一次比一次更猛烈而瘋狂的交歡，終於在欲望升到極峯而崩解的刹那，我們在感激的擁抱中依稀忘卻了自我，忘卻了世界。同樣的，在夢中，我一次又一次拿着赤熾觸撫她全身，讓她陶醉地，痛苦地分擔熾燙。

這種歡樂，也不免到了它的極限。當我欲望滿足得再也不想要了，我夢中的炭又增熱，發出紅光。我想到她全身我都觸撫過了，唯獨心沒有觸撫，就在某一次的夢中，試着拿熾炭緊緊移向她的心而緊貼着。不料，她發出致命的慘叫，捶打着我醒過來，怒責我的貪婪。基於感念她帶給我的歡樂，我帶着歉意解釋我在夢中的感覺，和她作首度溝通。然而，初度的對談就令我們深深爲對方所震驚。我告訴她，我們頭頂上這一片天空，是灰色的，她卻一口咬定是紫色的。我們各自堅持自己所見，爭執了起來，我的暴躁脾氣又發作了，詛咒了她的肉體加於我的魅惑，詛咒這誘我陷溺的幽林。我從霧園學到，我們這樣下去，遲早又會只剩我一人在夢中手握熾炭受苦，於是立刻宣佈我們是兩個世界的人，誓言永不再回她的身邊。

我以爲提前結束遲早會結束的事情，會省去一番徒勞，可是，我還沒走出這片幽林，她歡樂的呻吟聲就在腦中迴響，從而催生了欲望。的確，當我在冰原獨行，所觸皆屬寒冷，在幽林遭遇她，所觸皆屬溫熱。我以爲自己是背向她出走，前行中卻不自覺地流露要擁抱什麼的姿勢。我譏笑自己：離開現成的歡樂，是多麼愚蠢，拿出了比誓言與她永別更堅定的決心，轉身飛奔回幽林深處。

她對我的眷戀絲毫不輸我，早在新綠的草地上赤身等候。我們認出彼此的姿態所透露的欲望，像疾奔下坡那麼快速地復合。我記取上回分別的教訓，不再堅持我對天空顏色的看法，她說一句話，我就回三個「是」，得到了更專注、更盡情的繾綣作爲酬報。

然而她再也沒有回到我的夢中！當我的身體緊貼她，夢中卻是一人獨握熾炭在冰原狂奔，那種灼燙，比我一人獨自活着時更難忍受。我欲望稍稍滿足，又記起我們所認識的天空是不同的顏色，少不了一番爭吵、餂罵、然後再度離去。這片幽林很深很密，我出走途中，腦中又迴響着她魅惑而富毀滅性的呼喚，我想去遮掩，那呼喚更像傷口的血水沛沛然湧出。我總被牽引着奔回她。然而我在夢中被炭灼得愈來愈苦，我每次清醒後走得也愈來愈遠。終於有一次，我逃出這片幽林，腦中再沒她的聲音。

四、地穴

我在冰原上茫然獨行，憎恨過去，憧憬未來，一不留神掉入一個地穴，以虛無的速度跌落穴底，發現她正站在我身邊。她沒有霧園女子浮沉在眞與幻交界處的淒美，也沒有幽林女子貞確如太陽的給人歡愉的力量。她只是糾結的長髮披在胸前，兩臂交抱護着瑟縮削瘦的軀體，無言地告訴我：她和我經驗着同樣的苦寒。然後嚅動泛紫的嘴唇，近乎哭泣說道：「我把我的心裸裎向你，你若中意，就當我是尤物；你若鄙棄，就當我是妓女。」一股把自我完全交付對方的感動貫穿了我，當卽感知她正是我久尋不獲的對象，我立了讓自己都十萬分相信的誓，說有生之年要和她共守這處地穴。

這裏土壁陰濕，霉味刺鼻，蠍子、蜈蚣出沒，大小只夠我倆旋身，但比起外頭的冰原，倒是溫暖多了。我們彷彿久別重逢，訴說着彼此的憐惜，彼此的盼望，不時爲着對方深深領會自己心意而大爲顫動。每一句話，每一舉手投足，都落入對方的理解之中。在我古老的夢出現之際，她不但以手、以身體承接我的熾炭，更將它貼上胸口，與我捨命相擁，以雙方的心分擔炭的灼燙。我們被對方殉教者一樣的赤忱震撼，淚水淋漓中醒覺，從而擁抱得更飢渴，更迷狂。這兩付軀體不再是享樂的工具，反而是分隔兩顆心的障礙。

我唯恐她的心還有什麼部位，是我的寬慰所未及，不斷以探詢及會意，偵知她的好惡、喜怒、善邪、長短，她亦然。我們每時每刻觀察對方的動靜，揣測對方腦海中閃過的每一意念，不容對方別過臉，也不容自己眨一下眼，免得錯過了什麼訊息，如此一來我們在夢中才能兩顆心包夾熾炭。是我太貪戀兩顆心共貼熾炭的暢美之感，更進一步向她解剖我自己，述說我的貪婪，我的卑鄙，我的懦弱，還有我握着熾炭找尋承接人這件行爲的自私。她同樣地搜索她不曾意識到的精神本質，向我備述，竟發現我們是何等類似。我們作了這最後一件奉獻，入夢之後，熾炭壯偉地燒透了我們的心，一陣從未認識的巨大痛苦，天崩地裂地炸開來。我們像受盡酷刑的人，慘叫着驚醒，帶着餘悸咒駡對方，詛咒我們所知道對方一切的一切。

我們再也無法共同生活在這個地穴。我意識到我所堅信的事物又將崩解，不禁淚流滿面。爲了防範鄉愁，逃避痛苦，我們下狠心說永別，拿蠍子在對方的胸口狠狠螫出一個洞。臨走時，我打量她最後一眼，驚覺她醜得出乎我的意料，而她也說我醜得像隻蜥蜴。原來，在這段地穴同居的時日，我們彼此看得太清楚了。

洞口透出冰原冷灰的天光，我負痛含恨向來處爬行。我冀盼在冰原的某個角落，有那麼一個人，能承接我夢中的熾炭而不被我灼傷。我攀爬途中，我的夢迅速出現，我被夢裏手中的熾炭灼痛，在夢之外掉回地穴。她驚悸地縮在角落，我們像對待敵人那麼端詳對方，稍後又追索首度相逢的感人回憶，互相接納了，寬容了。可是我們相知太深，無法不去想對方的可憎，在夢裏又是彼此灼傷。我一清醒就往外爬，幾乎是被夢中的痛苦彈出去。幾番分而復合，合而復分，我耗盡心神，藉着哭泣的力量爬出地穴。

五、

回到冰原，我想像不出還有什麼可期望，預期今後面對的無限荒寒，心中顫怖無以復加，一路顚躓着，呼喚着「愛」，像無助的孩子呼喚娘。我後來也經過一些類似的霧園、幽林、地穴，禁不住夢中熾炭炙燒，有過一些徒勞和悔恨。如此我失去的日漸加多，因爲我一無所有獨行荒原之時，心中還有希望；經過些類似的遭遇，更失去了希望。我是靠自我欺罔而一再嘗試讓另一個女人接下我手中的熾炭。到後來，我被折騰得只剩在匍匐前進的力量了，一個黑衣老婦，頭上髮絲耀銀，面上皺紋縱橫，揹着一隻竹簍，蒼老的聲音問我是否爲熾炭所苦，我無力地承認了。她面上肌肉拼出誘人的表情，像老妓那麼厚顏，宣稱她不但能承接我的炭而不被灼傷，更能解除我流浪冰原的苦寒。我已經絕望得沒有選擇，答應任她擺佈。她定睛注視我，發出醉人的微笑，使我軟弱如嬰兒。不一會兒，昏沉之中夢又降臨，我在夢中仍是赤身握着赤熾在冰原上狂奔。老婦跨入我的夢境，從旁手臂一舉，把我攔住，輕輕接下我手中熾炭，那塊炭遇到她的手立即冷卻爲灰燼，她隨手往背後一丟，落進竹簍，轉身揚長而去，一路落着灰燼。我醒來時竟不覺寒冷，只是手腳不聽使喚，要吶喊也已失聲。

我學習着認識我的永久安寧，從即將合攏的眼縫中眺望她，只見細小的影子已走在遙遠的地平線上，一條灰燼灑落的痕跡，依稀從我身畔向她的方向迤邐而去，由濃而淡，乃至於了無痕跡。

隆冬掩至，我的夢景周詳得無稽。可是，當我們不耐寒冷，不耐孤獨，升起與人擁抱的欲望，誰知剎那間，我們已不愼在夢中握着一塊熾炭？而夢的壓力，我相信是比現實更難抵抗的。

民國七十四年三月《中外文學》月刊

觀生

當一個人年屆三十，成家立業，年少時的夢想乾枯脫落，生命的發展方向已鎖定，估量往後再不會有什麼奇異風景了，他如何從單調的日子裏超拔自己？生孩子！於是，我決定暫時停止上下班的頑固節奏，去經歷新奇而嚴肅的經驗，看看從我和妻子所出的生命，在我們的生活裏劃下新的軌跡。

首次在妻的肚皮上觸到胎動，是在潮濕的春天夜裏。這種蒙昧的悸動，告訴我秋天的希望，看久生厭的家，僵滯的陳設，突然成爲流動的空間。前所未有的幸福感充塞着我們的天地。原來，我又得到了一次機會，那些未曾實現的夢想，無緣得到的素養，失之交臂的佳境，全都可以藉着另一個生命再度追求啊！

這種等待爲人父的心情，急切得近於暴虐，隨着妻子肚皮的隆起而增劇。到了秋天，妻的陣痛偕着落葉來時，我是帶着初次出海的興奮同她上醫院的，不曾感染她的惶恐。醫院給我的印象，一向是尖銳的針頭，糾結的塑膠導管，式樣雜陳的手術器具，還有行刑吏的面孔。只有這一次，我欣然前往這個人生苦難的集散地，不再是想法子補綴生命，而是迎接新添的生命。

我們選了一所大型綜合醫院，場面沒讓人失望，產房外家屬休息室的景象，正適合悲天憫人的寫實派畫家入畫：四方形的隔間，鋪着米色地毯，貼米色壁紙，幾張長椅排成舒適的幾何形，二十四小時長明的水銀燈照射下，甘願守候的丈夫或祖父母輩，或坐或臥，衣物似地隨意搭在椅子上。素不相識的蒼白面孔，捉對關問彼此最憂心的事；地毯一角有席地打鼾的睡漢，產房裏的女人使他忘記一切不舒適。我把妻子交給醫生之後，加入這羣人，就有頭髮斑白、彌勒佛面孔的胖婦人問我：「你的某是第幾胎？」我輕快回答，覺得到了大城市最溫暖的部位。在冷血的、玻璃與水泥的叢林裏，我們總是精神配備盾牌，忙着佔領前一個人騰出來的空間，而在這裏，由於懷抱一樣的憂慮，預期相同的喜悅，人心與人心的距離比身體更近，可感受到另一顆心的溫度了。

我放下行李，罩上淺紅色隔離衣，進入產房，尋找兩排黃幔之後妻的床號。我已來遲：這場專屬女人的戰鬥已經開始。子宮收縮與胎心音顯示器從各個病床牽出來，在走道兩旁列隊，繁忙地吐出圖紙；奇妙的是各個未決的生命，尚在潮濕黑暗的子宮，卻透過顯示器放大了它們的心悸，有如叢林深處原始部落的戰鼓，一聲聲深沉而神祕，擂打出對光明世界的渴望。至於躺臥的女人，她們的狀貌何等尊貴啊！子宮收縮固然是各種生理痛苦之最，然而她們知道正在實踐的天賦使命，足以傲視男人，這種痛苦對她們就顯現莊嚴。我聽到黃幔之後的呻吟聲，不類瀕死病人的隱含絕望、受刑囚徒的表露寃屈，而是大自然的聲音——像夏日黃昏雨後的蛙鳴。身處產婦之間，我凛然佇立，慚愧於男人的脆弱。一座保育箱裝着別人家的新生兒推過身旁，我這才閃過綠制服的工作人員，找到妻的床位。

此時她容顏蠟黃，髮絲蓬亂，像一張舊照片，襯以白色枕頭和被單；獨有瞳眸，發出鎢礦的珍貴黑光，與我的眼睛交會。自從我們初識，首次爲愛情交換了目光以來，我從來未感到像這一回這麼彼此需要。那時的狀況適足以產生愉悅，這回卻是莊嚴的受難之感。跨過從被單底下拉出來的顯示器訊號線，撥開床頭的葡萄糖注射液導管，我來到她身畔，所能做的，只是緊握她冰冷的手。顯示器的圖表描出一段連續的波峰，強調她正在承受的痛苦，我就更加使勁，想把她從這痛苦中拉出來。她的神情似衝上礁岩的海浪，倏爾崩裂，隨即又聚攏，反映着陣痛的強弱。我用心去感應，用哄慰去分擔，誘導她做腹式呼吸，成了受訓的新兵，反覆操練同一套動作。只有隔一陣子來診視的值班醫師，給我時間的感覺。最後，經過十幾個鐘頭的煎熬，醫師宣布妻子外加一番的痛苦：頭位不正，必須剖腹。我信任現代醫學的能耐，簽了字。

帶着忐忑不安的心回到家屬休息室，我身心俱疲，幾乎到了人性的界限，再也無力守夜，在暖烘烘的人氣中，矇矓睡去。這意味深長的等待時候，使人無法完全鬆弛，有幾回護士來點其他家屬的名，我神經繃緊，血液倒流，從長椅上翻起半個身子又躺回去，到後來人漸昏沉，要不是護士頻頻呼喚，我可能錯過了這件世界新展現的事。

快步趕往產房門口，我覺得一股熱流貫注全身，面對答案的興奮之情難以遏止。我沒有自私地先問是男是女，也沒有擺出高貴情操，先問妻子安危，我只是好奇地想知道：我一直想經歷的新經驗，我超拔單調生活的轉捩點，是什麼樣的性質。是了，過道上一座透明的艙型保育器，裸向大千世界的正是「它」。我第一眼卽受到莫大震驚，有若動物看到鏡中自己影像：玻璃罩下，濡濕的細髮，是來自羊水的深海；黑醜的皮膚，有生命初期的原始力量；粗大的五官，誰也不肖似，沒有攝影家所描述的天眞無邪，倒是有些猙獰。在諦視它之中，它突然睜開了一隻眼斜睨我，同時爆開濶嘴做了一個啼哭的口形，彷彿宣稱它是它自己，不附屬任何人。我隨後審視到蓓蕾般突出的小器官，標示着與我相同的性別。可是，我一時很難想像這個小怪物和我的關聯，反而有些微罪惡感。難道，眞如哲學家所說，我是把它「放逐」到世上嗎？我迷茫地在護士遞來的單據上，簽收了，開始尋找妻子。

隔了半小時，妻剛從痲醉中恢復，由推床運出產房。我迎上去，對被單覆蓋下的刀口感到悚慄。我按醫師指示，用棉花棒沾水給她潤唇，拍她面頰防止她昏睡過去，回答她渾然不覺的譫語。她此刻無法了解她遭受的災難，送進育嬰室的孩子，也全然不知他將跋涉的人生旅程，意識最清楚的，是我這個新進的父親，倖免生育之苦的丈夫。這一切似乎因我而起，悔罪的意識在心中升起。臉上有雨，依稀是雨前沉重天空滴落的。不，這是室內，那麼應該是淚。

看護妻子這幾天，我不曾回家，整個生活爲着醫院的重量而傾斜了，我卻在這裏學習到：生存是件蘊含了無窮美妙的事。除了親友的道賀聲使人寬慰，我還迷上了一個景象：哺乳。每天到了一定時間，育嬰室的護士就用一輛金屬輪子的大推車把小傢伙們推出來找媽媽，家屬平常只能在固定的探視時間隔着玻璃窗看孩子，便趁此時聚集在哺乳室門口覷個眞切。老遠就聽到推車的轆轆聲，和着小傢伙的呱呱聲向我們接近。這些初次登上人生舞臺的小演員們，豐富的臉譜各有特色，高低不等的啼聲形成一曲混聲合唱，每抱起一個，就哭得分外出色，表演了一段獨唱的聲部。家屬蜂擁而上，辨認各自的傑作。其中有教人在街上撞見會害怕的靑眉綠眼的大漢，在這個場合也溫柔得像馴獅。我目睹我的小寶貝從這喜樂的一羣被護士揀選出來，由妻抱在懷裏，皮膚的黑色素已褪，一對小眼睛映照出世界的美麗，急促的呼吸不斷地豐盈了這個宇宙，奮力吸乳時表現了原始生命力，彷彿使死亡的黑暗勢力，又敗退了一節。這是如何不同於我啊——在百憂交集的人世，我的精神曾多少次產生金屬疲乏，厭倦於生存。妻哺乳的時候，慈愛地俯首凝神，沉浸在母親的職責，與孩子構成普遍性的畫面，安詳得令我心疼。我遠遠退到一旁，覺得生命再沒有比此刻更和諧了。

而我永遠只是旁觀者嗎？出院回到家，有一天要爲孩子命名報戶口了，日子在忙碌之外又添一重焦慮；我得爲一個完全無知的生命抉擇未來。我爲他起的名字，會決定別人對他的初步觀感；我經營的家庭生活，會形成他的教養；我有意無意的舉止，會影響他的人格形成。我檢討着自己精神與物質的條件，思索如何在每方面滿足他。猛然發現，「爲孩子」這個命令，竟像抵住後腰的槍管，不由我不往前走了。

當初我的父親不也如此！三十餘年前，他在動亂的時代，離鄉背井，顛沛流離，託身行伍了此一生，少志無由實現，有了我之後，又覺得一切大有可爲了。他剋扣單薄的衣食花費，放棄一切生活情趣，抱著宗教狂熱栽培他的希望。在我一步步求學過程中，我常想起他訓誡我的時刻，一臉再無死所的悲憤。如今造就了我這個中產者，差堪維持衣食無虞的生活，雖然沒有少年失學的恨憾，異鄉作客的孤獨，卻也得天天面對艱難的世事。而我還要孩子做我實踐少志的代理人嗎？一天天看着他在襁褓裏長大，無心地微笑、啼哭、吸食，任地球馱着他運轉，是何等自在自足，我簡直是看到了我自己是如何從生命的邊緣走向生命的中心，從無知的快樂過渡到常懷百憂。我不要在他無限美妙的生存之上，加以父志之類的重擔了。我的任務，不外是使自己格外充足，讓他追尋自我。每當忙完了奶瓶與尿布，他熟睡在仙境，我只是靜靜品賞，得到藝術上的滿足。日子不再單調了。

民國七十四年五月一日聯合副刊

郊居的憂鬱

雅　築

城市人早已在高分貝噪音和高落塵量的生活圈優哉悠哉，只有我這種鄉下長大、都市幹活的邊緣人既割捨不了對青山綠水的鄉愁，又貪圖都市的繁華便利，乃尋尋覓覓，來到市郊傍山處的社區擇居，在夾縫裏追求個人的桃源。這幾幢長立方體的水泥盒子，竟然有個「雅築」之類的總稱。在清潔費收據上讀出這個雅號，意外得好似考證出前朝舊地名。因爲這地方內有危機重重的瓦斯行，外有兩家不掛牌的鐵工廠，每天操作的銑床和氫氧吹管，聲光俱佳。一樓的住戶，也紛紛延伸生存空間，加蓋前院，原來的巷道在兩邊夾攻之下，只剩下一半的寬度。從外頭回來，一路上觸目皆屬違法，何「雅」之有。完全合法的世界，似乎只存在於柏拉圖所說的「理想界」了。現實世界的人擺出來的生存姿態，彷彿是聚居在一艘超載的救生艇上，每人非得排斥別人的生存機會來維持自己的生存機會，自成一套私法。我只有在隔一條巷子，發現理想主義的色彩。原來這條巷子一樓住戶加蓋的前院，全給拆了，兩旁留下高出路面的紅磚地或磨石子地，圍着心猶未甘的塑膠繩或鋼筋，標示原來的界址。這是法律和人欲交鋒的結果。我想起電影《滑鐵盧戰役》裏拿破崙的臺詞：「勝利的戰場總是慘不忍睹的。」而發動這場戰爭的，不是里長或違建查報員，據說是附近樓上一位精神異常，休學在家的青年。他或許也憧憬一個完全合法的世界，打電話引進違建拆除隊。消息不知怎麼走漏的，此後，夜裏常有不明的石頭丟上他的住所，砸破門窗玻璃，弄得他病情更重，亟思搬家。這個世界，已經顛倒錯亂，要由瘋人扮常人，常人扮瘋人了。

市隱

住郊居的樂趣之一，是離上班的地方遠，下班後充分脫離工作壓力的半徑，暫時忘記自己附屬於一部大機器。在這次等貨色的山野中，沒有陶潛的東晉田園，戴歐吉尼士的古希臘木桶，擺不出高士的門面；又沒有突然來訪的美麗昆蟲或是日漸成熟的花果，無從蒐集觀察心得，只有密閉門窗，坐擁書城、唱片城，也算一種修行。這種類似隱士的時刻，本月分家庭開支、身體某部位疑似癌症的異變、周遭人的情緒變化等等，都可排除在思慮之外，但是有一樣心靈的攻堅利器怎樣也躲不掉：擴音器。郊區戲院的二輪電影，絞豬肉水餃，其實已經冷掉的「熱麵包」，全都配備了這種利器，宣傳車所過之處，一陣驟大的聲浪，淹沒一切。生命的節奏，就讓這些噪音橫暴地斬斷，玄思的學者得面對人世，反目的夫婦得暫時休兵，幸福的睡嬰得醒來啼哭，殘年的老者又得爲血壓升高擔驚受怕，起初還以爲是開車的人對着麥克風喊，後來才知道現在時興循環式錄音帶，能夠無限制重複播放。幼時住鄉村，那些挨戶叫賣的販子，純憑丹田之力，縱使有人煩心，還饒他算個漢子。如今科技文明的產物，把每個人的力量放大千百倍，只費吹灰之力就可大肆伸張意志。於是，粗獷質樸的叫賣放大成金屬質的音爆，抄小徑趕路的腿放大成鑽隙爭先的市虎，逞強使氣的拳腳放大成連發子彈。要看昆蟲的恐怖狀貌，須從電子顯微鏡找；要看人的猥瑣張狂，文明儘可讓我們一覽無遺。

豹事

山腰上有戶人家，在路旁築了一塊獸圈，裏頭養了孟加拉的虎、澳洲的鴕鳥、印度的孔雀、臺灣土產的帝雉、野豬，儼然是野生聯合國。這些掉毛、喪氣的動物，倒給路人帶來原始森林的訊息，我每天帶兒子散步經過，都忍不住佇足觀賞，尋思牠們類似於我的憂鬱。儘管居民平常都把牠們當圖畫看，有一天，卻有不知那家養的花豹，脫了檻，活生生地進入人世。也許是牠的目光給「走不盡的鐵欄」纏得太疲倦了，任性一躍，竟上了報紙的頭條，這下子激起了居民敵愾同仇之心，勞師動衆圍獵。日常生活裏，我們都被太多的假想敵困得乏累了：勒索攤商的地頭蛇，闖空門的偷兒，暗巷荒徑的色狼，倒會的笑面虎。「豹就在你身邊」這種感覺，帶來全新的啓示，讓人從來沒有感覺到自己的生命這麼寶貴，敵方的形象那麼明確、斑爛。這匹誠實的幼豹，還經常在夜裏到山腳下獵食野狗、鷄子。經過幾回愈滾愈大的傳聞，主客易位，人心由浮動而惶恐，倒是人類在檻中了：我們正活在文明的鐵檻裏，電視、汽車、手錶、合成纖維、預力混凝土，延續着我們的生命，離開了這些人工化的世界，我們連一頭獸也比不上。而這匹豹，完全赤裸地生存，純粹自由地行動，一入山即成王，不像牠早被人工化的遠親，荒廢了捕鼠的本事，端賴向人類邀寵的工夫，放肆地繁衍增殖，着實令人產生殘忍的妒意。所以，牠非死不可。

豹的死也並非沒有價值。雖然居民的威脅感解除，空虛感恢復，荷槍的獵人卻充分證明了自己大無畏的勇氣，在啖其肉吞其膽之際，復又徹底滿足聖戰凱旋的幻覺。砌了步道的山林，又重歸人類的懷抱。只可惜了那張皮，多了幾個彈孔；文明還是沒有贏到完全的勝利。是誰想更進一步顯耀人類的神聖偉大，還說山裏頭藏了一隻山貓？

晨禱

主啊，主……

對門的禮拜堂，對我總有無限的吸引力。就在公寓建築無隔間的一樓，講壇、麥克風、鋼琴、長椅，構成另一度的心靈空間。主內兄弟姊妹的出席率，遠遠超過附帶摸彩的里民大會，盡管來這裏還要倒貼奉獻袋。有時青年男女天眞歡愉的詠唱，有時是一本正經的牧師作振聾發聵之言，最令人心折的，是中年婦人的證道、祈禱。那些忘我入神的詞語，出自一顆顆燃燒的心：每句話起頭的最強音，使得語言本身的意義不再重要，隔着巷道，猶使人凛然於那人類最原始的感情：生存的奮鬥何等枉然，生命的起滅何等卑微。在這沒有報償的苦難，無可救贖的罪孽中，可有一個高居在人類理解之上的神，以無限包容的愛，接納我們，提升我們？或是公寓的聚會所，或是街角鐵棚搭就的小廟，或是住家自設的神壇，甚且是路邊幾顆堆起來寫上字的石頭，莫不發出同樣的呼聲：神啊！祢可曾俯聽我們？

但是，不老實地說，神是屬於天才、英雄、聖哲的。只有他們曾經以大智大勇證明神的存在，彰顯神的榮耀。不被揀選的凡衆啊！永遠扮演鼓掌看人上臺領獎的觀衆。從核子毀滅的威脅到我家巷口的垃圾堆，世界在在向我們展示它的不義，神一貫地沉默不語。人類向來以地球的老大自居，奴役自然，然而當我們檢視自己，脆弱、渺小，連家人安泰，職業穩保的小小希望也沒有把握。讓我們齊來用香火薰醒神，用金銀取悅神，用藝術巴結神，用哀號驚動神。

飛昇吧！蟻附在地球表殼上，徬徨的，無助的人類。當星期天上午的清夢，被你們莊嚴的祈求打斷，讓罪人之一如我，打開輸出功率兩百瓦的身歷聲音響，放一段哈利路亞，把音重開到滿載，請衆同禱。

民國七十四年八月十八日自立副刊

野薑花事

島上無四季。時序九月，景物曖昧混沌，像是兩個季節未交接清楚。獨有傍水的野薑花，綠柱高擎素唇，在深山無人處喧嘩，宣告夏季退位，秋季接事。此時，他非要採一趟野薑花不可，好讓這獨特的白色語言，詮釋季節遞嬗，在如夢寐的歲月裏，帶來短暫醒覺。

採野薑花，送給誰呢？妻子敏感地問道。這回是送給自己吧。妻不是不知道，在他的青春歲月，他曾以這種清芬的花朶，和當年那個女孩共同度過戀愛季節。他踩腳踏車，橫桿上棲息着年輕的她，招搖過校園、鄉村小徑，去到後山溪谷，相提携，緣溪行，撥開葉緣鋒利的芒草，踏碎地上堅硬的枯枝，到上游人跡罕至處，覓得野薑花的大本營，把濃香捧回他們的生活。

爲什麼偏是野薑花？也許是這種野生薑科植物沿溪散播的甘洌香氣，適足以象徵人世中純粹的幸福：不期然地來到，無保留地布施，不專爲任何目的存在。當幸福揷在瓶中，瓶置於案頭，由着清水供養，那香氣更是烈焰一般充塞室內，令人無限滿足而近乎厭膩。

基於人腦生化作用，嗅覺是最容易激起回憶的官覺。傾慕野薑花，莫非是意圖刺激鄉愁，涉嫌貪戀過去？對於枕邊人，戀舊，可說是一種罪行。無怪乎妻派給他「不成熟」三字。在他的世界裏，所謂成熟、成功、成人之類的詞兒，不過是出賣自己，把夢與回憶砍除，立定在現實的劍山上聽他人喝采。所以有人塵封少年的日記；有人燒毀少年的書信；有人諱言少年的理想，像諱言惡疾；有人更以「無知」一詞認定整個青春，只准有成年與未來。只有浪漫派的餘孽，擁抱本我而不自慚，人前人後散發年少時代的氣味。

這氣味，妻說，市場裏十五塊錢就能買到三把。野薑花，廉價花。這種時節，是有灰衣褐膚的粗相鄉下人，抱着一大叢彷彿從他身上生出來的野薑花展售。但是，他所要的野薑花，必須同愛一樣，攀越丘陵，強渡惡水，沾了滿身汚泥自行求得。像他前些日子在辦公室裏看到的那一種。那是殷勤的單身老工友，在一個淒清的早晨捧來，堆在一位美麗女教師的桌上：一大灘傾瀉而下的綠，濺起朵朵虔誠的白，花香毫不矜持，冉冉上升，盈滿每個人的鼻腔。女教師還沒來，別人先聞到了，只會說「好香」。只有他通曉這句憨直的花語：愛。

獻上辛勤採得的野薑花，心理上就得準備被對方供在瓶裏，或是丟棄在垃圾桶裏。進一步說，裸裎靈魂示愛，就是在等待狂喜的回應或者狠毒的拒絕。他揮霍青春，充當戀人之時，很湊巧地得到全心回應。該是野薑花暗香浮動的秋夜吧，他初度擁她入懷，感到神聖的顫動傳來，貫穿臟腑，世界向他展示全新的價值。附近山溪的野薑花，爲他們的愛賦與意義，粗厚的劍形葉片分享了他們生存的空間，濃烈的香氣取代了他們呼吸的空氣。這種花語通行了兩三個花季，迨至他們背對背走向各自的命運，就只能指涉着空無了。

他和妻子也不是沒享用過野薑花。那是婚前，他們有權選擇是否共同生活，需要信物。他們在郊遊路上，野薑花開在路旁谷底，在衆人眼中珍奇起來，他就攀着樹枝下到溪谷採擷，以勇士凱旋的姿態把花獻給她，着實使她在同伴中發出神聖的光輝。而婚姻強迫他們相愛。一旦兩人的生存需要血肉相依，任何承諾都屬贅飾了。可是以往的野薑花擊傷他，深入體內，久而久之，神經、血管繁衍包纏，再高明的手術也取不出，天陰雨濕時隱隱發疼。

捱到花季將盡，妻終於拗不過他，強打興致，抽出空來進山尋覓。有一次，他和那個女孩在山裏遊蕩到夕暮，走得太深，失了歸途，順着溪床開路下山。在濶葉植物濃密的陰影下辨認溪石，緊緊牽着手不讓滑倒，一塊接一塊顫抖着腿踏上去。枯枝看成蛇，山風聽成鬼啾，急促的喘息聲和溪水的潺湲混成一片。正待絕望，忽然一片香雲撲來，淹沒恐懼。原來溪床兩側葳蕤草叢裏，一串串潔白的野薑花在晚風中徐徐招展，近旁也是，遠處也是，像滿天亮晶晶的星子。身處此中，他們成了暴發戶，懷着驚異與感激之情頓悟了他們的來處。他和妻走了許多寃枉路，都是因爲不願跋涉幽徑，深入山野而一無所獲。最後來到汽車可直通的一處水壩，壩體兩端的濕潤坡地，是有一叢叢野薑，紛亂交錯的葉片中僅餘斷梗，折斷處空垂幾絲焦褐的纖維。饑渴的眼睛沿着陡峭的地形掃描，終於在一處隔着土溝的斜坡上找到一丁點雪白希望。妻子勸他不要冒險，哪裏管用。他一如以往，提振精神，撩起褲管，跨下泥溝，攀援草木，爬上泥坡，擒住那一枝野薑花，奮力採擷。到手方見盛開期已過，一朵開始凋萎的花像折翼的白蝶。旁邊兩三個蓓蕾也稚弱，如從繭裏硬生生剝出來的白蛹，沒指望成氣候。幾隻褐色大螞蟻從花心竄出來，順枝梗匆匆逃逸，衝上他的手背，一陣噁心的痲癢接通神經，遍布全身。他一面拍螞蟻，一面走回妻的身邊。妻迎接他的臉色是「你甘心了吧？」他賭氣不發一語，走在她前方幾步遠。回返來時路，就在正前方，一對少男少女遠遠走來。他們步履輕盈，沿路散播似鳥雀鳴囀的歡笑，顯得擁有當前的一切，熱愛目下的種種。這音容極其熟悉，宛如在哪裏見過。趨前親視，正是當年的他和她，以同樣的驚詫眼光瞠視他！他來個冷不及防，猛然將手中的野薑花塞進那個少年手裏，作爲他青春的奠儀。

民國七十四年十一月於新店

民國七十五年一月八日人間副刊

夜之祭

欲進入這個顯赫的洞窟，先得經過一套入會儀式。儀式當然免不了刺心的尷尬：密道兩旁，兩名目光如警犬的大漢，命你打開手提袋或揹袋，接受檢查。爲了維護洞窟的律法，他們甚至配備了金屬探測器，感測到金屬反應，會饒舌地嗶嗶叫。其實，若能換取更大的自由，犧牲一點個人尊嚴又算什麼呢！大人不就如是說嗎？

你和同夥本想先坐下來喘口氣，剎那間，廳內兇猛暴烈的節奏粉碎了一切雜念。李斯特也不曾夢想過這般巨人式的音樂：電子樂器混成的低頻強音，夾着片段人聲的弦律，由唱片播放，套上二十世紀八十年代的電子科技，放大千萬倍，把這個數千萬元堆砌的地下大廳，當作一面戰鼓，沒命地、反覆地敲，一片小而脆的耳膜怎抵擋得住？你可以感到骨骼、神經、內臟都在共振，甚至心臟也擊節悸動。舞池中揮着草書的肢體、樓梯口試探身手的小情侶、吧枱後倫踩舞步的女侍，無不是節奏的俘虜。顧盼之間，眼珠的轉動也不禁和着拍子。

不必呆立了，適應這聲音狂濤的唯一辦法，就是躍下舞池，手之舞之足之蹈之，把傾注體內的節奏，源源地釋放出來。

邀舞省掉了繁文縟節，你只須把舞伴的手一拉，對方就以落水的速度，一同捲入節奏裏。這個盛大場面，像極了原始部落的祭典。而部落的集體共舞，大約是跳給全族看的；文明社會的雙人交際舞，是跳給對方看的；這個叫做狄斯可的舞，卻是跳給自己看的，舞伴頂多是充當一面鏡子，好從他的反應來觀察自己的舞姿。瞧這些自由創造的身法、不時爆發的尖叫、時起時落的掌聲，還有池中長檯上紅男綠女一字排開，舞得顧影自憐，豈不是衆多的個人主義者，陶醉於自我。播音臺上唱片騎師（DJ）扮演現代祭司，莊嚴地高舉雙臂，呵護着麥可風，憑靈感叫些咿、哦、嚱的咒語，煽動衆人的情緒。此時此地說中文未免扞格，說英文語彙不足，這位同胞只能喊出嬰兒程度的字眼，不帶意義。咒語不帶意義倒好，如此理智活動才不被牽動，解放原始潛能得以無掛無礙。

池外定定坐着的觀衆，別想窺清洞窟的眞貌。唯有恆動的舞者，能透過電影的「搖鏡」手法，知道周遭的雷射光，舞臺燈並非類似衣服上的亮片僅作點綴，而是團結信仰、鼓舞士氣的圖騰。一支藍茅直直飛來。兩把青劍空中互擊。兩條紫蛇沿大廳巨柱盤旋而上。十個小太陽在天花板上旋轉。白色的乾冰霧自頂空普降。這些發光體提供了強烈對比，使得洞窟的黑暗更顯濃稠馥郁。巨響加魔光，你的神志薰薰然，半陷昏迷，軀體脫離了中樞神經控制，像個自轉陀螺。你交出了你全部的存在，像對愛情或什麼更偉大的事物獻身。正期待某種奇蹟發生，忽然間，音樂停止，四周形成地雷區的靜默，似乎一曲終了，現實感慢慢從腳底升上來——且慢！轟隆一聲金屬質的最強音（音樂強弱記號：三個f），以星雲的能量在混沌中爆炸，驅走了休止符，節奏復又狂踴。你方才不過是被試探罷了，此番你升起更貞固的信仰，身如碎木，捲入節奏的巨漩。超現實之感，隨即更形眞確。低音節奏夾雜歌手的吐囑，喚起你不知名的甜美回憶：舞伴的捨命狂踴，瞧得你血液倒流；你瞳仁裏亮起一團不知所來的光，這光似乎能了解一切焦慮憂傷，寬諒一切無知懵懂。你感到廣大無際的愛，高飛遠舉的超脫。聲音的大海裏，你辨認出一股崇高的音樂，類似貝多芬《第九交響曲》的大合唱，宣示着神愛世人，四海之內皆兄弟。這種迷狂狀態，半是聖靈充滿，半是羣魔亂舞，莫非就是藝術家的物我合一，聖徒目睹的異象，佛家的法悅境界？你就這麼「速成」嗎？那麼多的別人，拍手、嘶吼就是這個緣故嗎？迷狂超過飽和點，你或許想大喊一句偈語，譬如說「狄斯可統一青春」。

當中場休息的布魯斯樂聲揚起，舞者紛紛離池登岸，池畔友人起而迎接戰士凱歸，讚頌他獨具一格的舞姿、汗濕貼背的上衣、每分鐘一百二十次的脈搏。每個人的眼神莫不親切，像是你們已經認識很久了；樓上一名憑欄少女的側影，你一度錯覺遇到初戀情人。擱在圓凳上的外衣，似乎是大家共用的，常有拿錯的事情，也沒有人認眞計較。席間有一簇簇龐克族，頭上抹髮膏灑金粉，身穿披風，足登運動鞋，面容斑爛，像森林裏的香蕈。身體停止間打量這洞窟，你這才發現播音臺正上方有電腦字幕，燈光流轉，打出衆多靈魂外找的名單，其中有一個名字還跟你進入洞窟之前用的雷同。且看池中，膠質的人影成雙成對，踏着兩拍子的黏滯舞步，發人思古之幽情。

兩世紀以前，華爾玆自德國出征，席捲整塊歐陸，紳士淑女通宵達旦縱情曼舞，衞道之士痛斥它傷風敗俗、助長頹風，「這個德國種的魔鬼，完全不講高雅、優美和禮數，可恨透頂」，英國某刊物說道。如今，狄斯可從通俗文化的大本營——美國出發，在他們的巡弋飛彈之先命中全球各大都市，臺北亦不倖免。民族主義者大可嚴詞譴責，社會主義者大可譬之爲資本主義的腐敗產物，心理輔導專家大可診斷爲親子關係出了問題，哲學研究所所長更可以說我們的青少年呈現信仰的眞空，我們面臨嚴重的文化危機（報紙會把他的簽名式照相製版，印在文章的標題下）。代表社會規範的警察，偶或帶了手電筒，突擊狄斯可祕密據點，伸張大人對此道的不値、不屑、不齒。然而每當夜幕低垂，青年男女告別師長與上司，恢復眞我，竟選擇投奔黑暗洞窟，泯滅了白天的正直理性。是什麼樣的狂熱在燃燒啊？你問年輕人，他們還來不及思索，就已經捲入那黑暗的節奏了。

（作者附誌：有關華爾滋一節，係參考哈洛德・荀白克著，陳琳琳譯：《歌劇・歌曲・華爾滋》）

民國七十五年十二月二十六日人間副刊

音樂狂

健康的事物總不免單調，倒是病態的事物，瑰麗詭譎，爲世界平添不少色彩。像人們對某種事物的偏執狀態，我們名之爲「狂」的，就帶有或多或少的病態意味。

愛情、權力、金錢、信仰，都有大批狂熱的信徒，世世代代在人生的舞臺上搬演驚心動魄的情節。

自微觀方面而言，社會每新興一種事物，也總有一批狂熱的追隨者。我們的寶島，如今已從中國文化的起跑線上，推進到時代的最前端，資訊快速交流、產品大量複製，從而產生了各種新興的事物：健康的，病態的。身爲患者，我發現了社會上有不少與我同類的人，叫做「音樂狂」。

* * *

音樂狂並不像文字狂之於書寫活動，而狂熱於譜曲活動。譜曲至少要有三五年全心投入的專業訓練，比起受完國民教育卽可從事的書寫活動，要困難得多。

音樂狂所執迷的是消費時代的消費活動：聽音樂，尤其是西洋古典音樂。他們所聽的不僅是國父紀念館大會堂裏，由一些穿燕尾服、表情肅穆的人現場演奏的「生鮮音樂」，而是用身歷聲音響設備所播放的「罐頭音樂」。

以我這個音樂狂的經驗，聽演奏會是我告別課堂以來最難熬的場合之一：想想看連續一兩個小時在黑暗中正襟危坐，不許走動，不許講話，甚至不敢咳嗽，偌大的演奏廳裏，坐着數百人，一同懾服在神聖莊嚴的樂聲中，像是無止境的祈禱。

碰上了信奉完美主義的演奏大師，燈光、音響一有不對，固守後臺久久不肯出來，那更是掃興。好不容易等到樂章終了，演奏家重重地敲下終止和弦，彷彿小學老師宣告「解散」，此時，憋得快斷氣的咳嗽聲像大年夜的爆竹一樣紛紛響起，令人在被音樂感動之餘，與起一股荒謬之感。

所以，音樂狂寧可回家，從滿架子原版唱片中挑出任何一場演奏會，比方說使喚卡拉揚指揮一曲貝多芬，招呼魯賓斯坦彈奏一曲蕭邦，然後往沙發上一躺，一根菸、一杯茶，從演奏廳裏受人支配者的地位，提升爲客廳裏的支配者。而且，不必鼓掌。

當然，要享受這種地位，也不是一蹴可幾的。湯瑪斯・曼不是說嗎：「希望還沒有勃起就急急地得到實現……意願剛剛嶄露就迅速地、毫不費事地予以滿足……這就是華美的旋律，可是世界上有什麼事是這樣的呢？……這只是空洞的理想主義。」

音樂狂追求足以提供充分臨場感的物質條件，其歷程之艱辛，有如苦行者求道。他們的經濟基礎，多半像我一樣，是薪水階級。打從學生時代，受到同儕、老師、廣播電臺、記者的啓蒙，對音樂情竇初開，就走上一條滿布荊棘的路。

從手提電唱機、收錄音機開始，藉着海盜版的唱片、卡帶，因陋就簡地認識大師們的風貌，鋼琴細瘦的聲音會聽成吉他，小提琴瘖瘂得像鋸木頭，管弦樂齊奏時好像打翻了碗櫃，那管得了什麼音響的瞬間反應、動態範圍、相位。與音樂形成這種關係，倒像患難小夫妻，什麼都可以將就，感情卻日益牢固。三B的名字（巴哈、貝多芬、布拉姆斯）琅琅上口，那些永恆的弦律，加上聆聽時的情境，一同化爲生命成長中的記憶，永遠無法抹殺。到了經濟獨立，念玆在玆的就是音響升級，讓作曲大師、演奏大師們原音重現。

於是，他可以任憑浴室磁磚破碎、沙發彈簧老舊，攢積一兩年的薪水，買一套價逾十萬的音響。這套得來匪易的玩意兒，像核子飛彈發射室的按鈕一樣，戒備得十萬分森嚴，連妻兒也不許觸碰。

要是聽了同好的引薦，讀到雜誌的推介，更會發燒得透支家用，再作升級。到了玩家階段，考究的程度自不在話下：擴大級用好幾部進口貨橋接，十幾種唱頭應付不同品質的唱片，數十個喇叭單體調理各種現場效果，甚至用水泥砌成音箱，以消除共振。

這還不夠，聆聽的現場也要消除聲波的亂射、殘響，求得近似演奏廳的空間感，於是電視機、沙發、櫥櫃統統讓位，音響取代了家神，穩居尊位。有錢的玩家可以自建長、寬、高都成黃金比的客廳，公寓族也有他們的克難辦法：牆壁上貼幾塊泡棉，玻璃門上掛兩張混紡毛毯，我甚至見過有位朋友從天花板上垂吊兩頂斗笠，儼然是「後現代主義」的室內設計。

操作音響之始，一舉一動照標準來，彷彿在請神。我曾經由唱片行老闆引見，到一位蒐藏甚豐的音樂狂家裏聽音樂，他先放一張流行音樂的唱片，然後就正襟危坐，十幾分鐘都沒有動靜。我按捺不住，請他播放大師演奏，他卻淡淡地說：「我在暖機。」

至於軟體方面，也令音樂狂神魂顛倒而致阮囊羞澀。以往的傳統唱片（LP），每張要三百元左右；現今的軟體主流雷射唱片（CD），每張也在五百元上下。單身漢生涯中，有位機伶的唱片店老闆看我一口氣買了十幾張原版唱片，就對我說：「你一定還沒結婚。」我問何故，他道是「沒有老婆才能這樣買」。

然也！音樂狂每看到思慕已久的名曲名演奏，就是他心悸的時刻，也是老婆心痛的時刻。西洋古典音樂的曲目何其浩繁，演奏版本更是各擅勝場，音樂狂不惜夫妻反目，也要向音樂的堂奧勇往直前。唱片一批批進口，他的胃口也一次比一次大。

有位至情至性的專欄作家，曾在報端宣稱，他爲了蒐集各種演奏版本加以比較，弄得幾乎破產的地步，音樂狂都知道，這不是誇大之詞。音樂軟體更有個先天優勢，那就是一張唱片不出一個半小時，就可以大快朵頤，使得音樂狂更有增加採購的藉口，不像我有位「書狂」朋友，常常買回來一大捧書名令人敬畏的書，在封底裏蓋完「某某某藏書」的大印之後，就往書架上一擱，自此存查。他的老婆諷刺他，說他強暴了這些書。

要蒐集名演奏，對新進貨的軟體得保持密切注意，一旦唱片行有消息來，應學那見獵心喜的純種獵犬，哀叫着，急欲掙脫皮帶一撲而上。

我在唱片行見過的一個同好，在滂沱大雨中，由經銷商騎機車載着，一路滴着水跡衝進總代理店，搶購他心儀已久的，由約夫姆（Eugen Jochum）指揮的布魯克納《第九號交響曲》，連售貨小姐都爲之側目。這位仁兄也是求仁得仁，幾年之後，聽聞他已在服務單位辦理留職停薪，遊學歐洲，到史卡拉歌劇院、柏林愛樂演奏廳、維也納樂友協會大廳朝聖去了。

還有一位姓高的音樂狂，以唱片爲妻，中年猶未婚，自己透過貿易商進口了數千張唱片，下海做起買賣來，也可說是爲音樂出家修行了。他的書桌玻璃墊下、牆上玻璃相框中，沒有溫馨的全家福，而是他遊歐時和名指揮家的合影。

他的功力之高深，據他說，任何古典音樂唱片只要聽三秒鐘，就能指認曲目、演奏者，因此，「高三秒」的雅號乃在圈內不脛而走。

至於某些醫師，坐擁價值數十萬元的音響，逢有唱片進貨，電話中就可交代服務週到的唱片商，任選十幾張送到府上，你以爲那是更貴族的音樂狂，啊，不，他們只是把唱片當作水果，隨販子挑些新鮮起眼的奉承熟客罷了。音樂狂窮酸中的苦心掙扎，他們絲毫未體驗過。

* * *

音樂狂的每天都是饗宴：早上威瓦第，帶來健康明朗的晨光；中午貝多芬，爲快要消沉的意志鼓勁；晚上蕭邦，在旖旎的夜色中睡去。每晚臨睡時最甜蜜的希望，總是起床後可以開大音量聽音樂。

音樂帶來的感動，是立卽的，如飲烈酒；音樂造成的沉醉，又是長期的，如服迷藥。所以音樂狂的偏執與虔誠，特別顯得熱烈而持久。

音樂狂碰到同類，更是一拍卽合，傾心相訴，有的狀況，也會像熟稔的狗兒之間，作些無傷害的咬打一樣，爲了護衞自己所崇拜的演奏家，面紅耳赤地和對方爭論高下。

音樂狂若想往自家臉上貼金，東西方恰有兩大聖人可謂音樂狂。東方的孔子，在齊聞韶，三月而不知肉味，曰：「不圖爲樂之至於斯也。」這已是中學課本上的故事了。西方的托爾斯泰，聆聽柴高夫斯基〈如歌的行板〉，也感動得落淚，使得這位羞怯的作曲家銘感五內，信心倍增。

托爾斯泰晚年更以貝多芬的《克羅采奏鳴曲》爲書名，寫成力作，內容也不離音樂，講的是一個多疑善妒的丈夫受了音樂的鼓動而演出殺妻的故事。

德國人的湯瑪斯・曼更在他的小說中大談音樂哲學，大有正宗音樂狂的氣勢。我讀馬奎斯的《獨裁者的秋天》，印象最深刻的倒不是他的魔幻寫實手法，而是書中有一段提到特務頭子巴拉死後清查出來的遺產，其中有大批布魯克納的唱片，都由他「親手註明了各個樂隊指揮的好壞或分數」（楊耐多譯），眞令我忍俊不住。想必，馬奎斯也是個音樂狂。

* * *

音樂之令人狂，不在優美的弦律。優美的弦律在流行音樂中俯拾皆是，一般人吃飯、開車、睡覺、閱讀，都可以同時聽流行音樂，就是不像音樂狂一般，會把其他事全部擱下，一頭栽進音樂的海洋，從唱臂落下直到唱臂擡起，一個音符都不敢遺漏。弦律只是音樂的一個要素，眞正使音樂狂如癡如醉的，是整個音樂的張力。也就是從期待到滿足的緊張歷程，可在各個樂章中經驗。每一個和弦、每一個主題的出現，都使人期待着另一個和弦或主題。高明的作曲家懂得如何引發欣賞者的期待，然後一步一步地引誘他升高期待，最後在欲望升到頂點，欣賞者不能自已的時刻，實現作曲家允諾的主題，給予最大的滿足。演奏家詮釋樂曲的功力，也就在這裏最能見高下。

每欣賞一首樂曲，就是經歷作曲家的一段心路，多活了一小段人生。在豐富的啓示之下，音樂狂感到自己的心靈在分裂、增殖，直線的生命歷程，變成螺旋形。甚至從生到死，他人的生命歷程若說是唱片邊緣到唱片中心孔的直線距離那麼長，音樂狂的生命歷程，有音樂充滿，則是整張唱片的溝紋那麼長。

到了一定的年資，音樂狂卽令沒有音響設備爲伴，他聽過、感受過的衆多音樂，已經內化爲心中的一部小唱機，不時播放一些雋永的弦律，比方說貝多芬的〈歡樂頌〉、巴哈的〈G弦之歌〉、莫札特《第四十號交響曲》第一主題、拉哈曼尼諾夫的《帕格尼尼主題狂想曲》第十八段變奏。這些音樂，與他個人的許多經驗，像風景、戀情、親友的言行、看過的書本或電影，一同融爲他的記憶，他藉之認識自我，也分不清那些是生活，那些是藝術。有一天他走到生命的終點，在彌留之際，也許在記憶裏會奏起安魂曲伴他一程，賜給他慈悲與和平。

於是，在庸碌瑣碎的生活中，在卑微割裂的生命裏，不論困頓頹喪或是躊躇滿志，音樂狂只要經驗情感的波瀾，思及存在的意義，他的內心會像里爾克的詩句那麼說：「搖撼我，音樂，以你擊節的憤怒！」

縱然在藝術的創作與鑑賞上，唯有偉大的心靈與優異的稟賦才能捕捉到「美」這隻彩蝶，凡夫俗子狂然忘我的追尋，頂多沾到一抹鱗粉；就多這麼一丁點兒，生命的分量就全然不同了！

民國七十六年七月八日中央副刊

數字狂

我們這個寶島號稱物質富裕，精神現象倒也不貧困，據官方七六年底的調查，已有超過一成的成人染患了數字過敏症，又樂又瘋，每個月的生活重心傾斜，倒向愛國獎券開獎那兩個大日子。那時，百業半休，舉省若狂，百姓的心臟隨着臺灣銀行搖獎機的號碼球上上下下，警察玩着官兵捉強盜的遊戲，「機會」對着人類自由抉擇能力作出最大的反諷，部分傳播媒體的報導，意在譴責，實爲煽火。只爲了七個兩位數帶來的希望，數字狂動用了一切資源，也就是凱撒與上帝的所有力量，同類相爭，冀求簽注一舉中的，大把鈔票如雪花灑落，爲平庸渺小的生命開創新機運。當你周圍如此多的人成了數字狂，眞不曉得是簽注的人瘋了，還是不簽注的人瘋了？

就拿我家巷口的檳榔攤販來說吧。一一六一期愛國獎券開獎當天早晨，他一如往常，四點鐘起床去登山健行。妻小還在熟睡，他漫不經心地套上登山鞋，逕自出門，才走了幾步，忽然發現他穿錯了鞋子。仰望疏落的晨星，俯視腳上不同一雙的鞋子，右腳是妻子的，左腳是他這個爸爸的。他從來沒有玩過數字遊戲，只是從街談巷議側聞，此時卻福至心靈，發作了數字狂的症狀，思索明牌起來。爸者，八也；妻者，七也，合起來就是「八七」。一路上他一直抗拒不了這個數字啓示，深恐開獎眞的開出「八七」，會與財神爺失之交臂，上午封牌之前，聯絡到組頭，一口氣簽了二十支「八七」。當天下午，收音機播報愛國獎券七組頭獎號碼之中，果然有一組尾二數是「八七」，三十幾萬彩金裝在「恭喜發財」的紅包袋裏，難以置信地送到家裏來。

就在檳榔販頓悟「八七」明牌之時，他家斜對面修理汽車的少年仔，夢見自己駕着賓士，在崎嶇的山路飛馳，趕往山腰的有應公廟求明牌，才見碼表上的指針移到九十，忽然間「轟」的一聲人車撞上山壁，把他驚醒了。少年仔每期必簽，總是贏少輸多，這回可是喜出望外，牢記着「九〇」這個明牌，自認得到神明指點，勝券在握，找親朋好友湊了好幾萬元大簽「九〇」。不想當天下午開獎並沒開出「九〇」，幾萬元全部槓龜。在巨大的債務壓力之下，他頹然到鵝肉攤買醉，「幹」聲不絕，說是要到附近巷子裏多刮幾部車子，拉些生意來翻本。

數字狂的症候，甚至傳染到一支棒球隊的教練。他的子弟兵以十五分的輝煌戰績擊敗外國勁敵，他接受電臺記者訪問，興奮之餘向各地聽衆廣播：「我是沒有簽大家樂，如果要簽的話，一定簽『一五』。」可巧當期（一一六三期）愛國獎劵的「二尾」眞的開出「一五」。

數字狂的興起，可說是國人對刻板的數字作了最痛快的報復。細察我們的生活，無處不被數字主宰，爲了強記數字，人的自由大受箝制，尊嚴蕩然無存。比方說，出門若是沒帶身分證而背不出身分證字號，則休想塡求職表，簽契約。自己的生辰固然須知，配偶、情人、好友的出生年月日也應牢記，以免疏忽之罪。聖人更課我們以義務，「父母之年，不可不知也，一則以喜，一則以憂。」而每個月的水、電、電話、瓦斯帳單上的數字，包圍着我們，升高我們的血壓。最冷酷的情境當屬新兵訓練，班長呼叫班兵不呼其名，而呼「幾號幾號」，無情的數字完全抹殺了姓名所能代表的一絲絲個性。可是忽然來了這麼一天，藉着簽注的自力救濟，這些數字頓時發出閃閃金光，暗示着個人改變命運的可能，數字狂就會發現，人原來是活在這麼一個充滿生趣、希望無窮的世界裏。冷冰冰的數字，也扮演起溝通角色，活絡現代社會日益疏離的人際關係。

數字遊戲的靈魂人物是組頭。組頭除了要有一般犯罪案件主角那種「警察逮不到我」的盲目自信之外，還要信用好、人面熟。無信不成組，刑法中所認定的賭博罪，居然是藉這麼高尙的道德構成，不免令人困惑。像股票、房地產掮客，總是令人處處設防。這些相對於愛券賭博的在野勢力，多屬中下階層，他們的號召力掀起數字遊戲的狂潮，他們的形象卻是開獎日電視新聞中那些以報紙遮面的家庭主婦。官方學者更爲不解，乃有「加強中下層民衆心理衞生與生活習俗之研究」這樣的建議。

至於組腳——數字狂們，心理也未必「不衞生」到哪裏去。在高度分工、人被物化的中產階級社交圈，方城之戰是聯絡感情的重要方式。這個遊戲，使他們暫時處在相同的情境，分享吃、碰、胡牌、放沖、自摸、連莊的經驗，建立共同的話題，否則，誰願意休閒之時談公事，或是大膽交心談隱私，甚或共同研討國家的命運、人類的前途？數字狂亦然，藉着猜明牌、簽注、輸贏，結合爲「命運共同體」，光在這方面就有說不完的話題，可供長久分享的經驗。各人求到的明牌，也可作爲表達感情的工具，彼此透露，惠而不費。

我有位教書的朋友，以前每期愛券開獎前，學生都會孝敬由家長求來的明牌，幾乎從零零到九九都有。

只消玩過一次數字遊戲，許多人就會嘗到一股完全不同於其他賭戲的難忘經驗。買獎券，只不過花錢買到等候財神光臨的資格，完全處於被動；簽「二尾」、「特尾」、「七朶花」，卻是花錢買到追捕財神的機會，可以享受充分的主體性自由。下注之後覬覦豐厚的彩金，不免忘掉了現實條件的限制，興起燦爛的想像，宿願回到心頭，格外強烈。雖說賭因貪而起，可是在此資源有限、人慾無窮的世界，多少人壓抑着慾望苟活，亟思改變命運？發了筆橫財，辦公室聽人使喚的工友，可以做生意當老闆去；望子成龍的父母，可以把家裏的小天才送到美國唸書；孝順的女兒，可以奉養宿疾纏身的老父，放心嫁給窮小子；窮酸作家呢，可以脫離仰人鼻息的上班生涯，躲到中央山脈，窮數年之力寫一本曠世巨著。至於報端常見的募捐新聞、「送愛心」的呼籲，更說明了金錢是消災解厄的靈藥。

好了，念念不忘簽注的號碼，自覺身價暴漲，財富唾手可得，在家裏忽然對悍妻頤指氣使，爲子女破例採購；在工廠當面頂撞領班，擺出隨時可以拂袖而去的態勢。在衆人訝異的眼光下，數字狂自我膨脹，在開獎前夕達到頂點；擔心摃龜而產生的焦慮，也如影隨形，遂有頭痛、目眩、懶睡、厭食，出現所謂的「精神官能症」。遇到同類，打招呼也改成「你簽幾號？」彼此寬慰一番。富有宗教感的數字狂，爲了多一層保障，就押着一家老小拜廟，祈求神明護佑；他們也自知所求非分，不敢拜正神，只拜歪神，比方說濟公、三太子。若是基督徒，或者基督教的逃兵，可能會在半夜看到天空一道白色閃光，那是神在表示應許了他的禱告，他便感到深蒙聖寵，個人價值無限提升。

激情的開獎時刻，以實踐檢驗眞理。數字狂在收音機前集合，更甚者直奔臺銀獎券科，鼓起勇氣，面對不可捉摸的情境，爲自己的命運作見證。臺銀獎券科的公僕，哪會料到有這麼一日，他們行之如儀的搖獎工作，操控了那麼多人的命運？如同喝喜酒的食客，以遲到半小時爲正常；看開獎的數字狂，以早到半小時爲正常。在擁擠的頭顱、渴盼的衆目、菸霧、檳榔氣味之中，搖獎機啓動，號碼球在透明的塑膠球中傾軋，那聲音平凡而無情。有時是頭獎獎球先落下，使數字狂們眼球暴突，緊盯着十位數、個位數的搖獎機，吆喝着自己簽注的數字；有時是熱門數字的號碼球先落下，獎別球遲不現身，使數字狂們心臟皺縮；獎別球落下時，歡呼與哀號之聲不絕於耳。當七組頭獎搖出，臺銀爲數字狂的服務告一段落，數字狂人潮散去，各有滋味在心頭，中獎的臉或損龜的臉復歸茫茫人海。收音機前的數字狂，也開始面對他們的命運。小贏者如「火車組」的數字狂，在固定的月收之外，發了筆小財可供揮霍，又滿足了「料事如神」的成就感，在下一次開獎之前，成爲同類的「意見領袖」，簽注的數字常有他人跟進。大約佔數字狂總人口千分之一的大獎得主，如「特尾三」、「七朶花」的中彩者，則陷入超現實的喜悅，自疑身在夢中，不免戳戳鼻孔，捏捏臉頰，確認他們所面對的全新的命運。如果逃過黑白兩道的追捕，平安拿到彩金，那種翻身之樂，又吸引了更多無辜者下海，仿冒這少數人的幸運了。

佔多數的損龜友呢？雖然幫助了別人發財，重新分配了社會資源，卻必須忍受破財之哀、挫敗之痛、家人的指責、神明的遺棄。這可不比在牌桌上輸錢。方城之戰落敗，不外是牌技差、手氣背，大睡三天可以平復創痛；揁龜則牽涉到自尊受損、信仰幻滅的大事。簽注的明牌，其來有自。有的是自己的生日、車號，有的是獨門公式推算得出，有的是生命中重大事件的發生日期或諧音數字，更有的是遠赴荒村小廟，竟夜觀看乩童起乩得來。溫和派的數字狂，閉門思過，逆向推理，大嘆財神擦肩而過。比方說愛國獎券一一五四期、一一五五期、一一六六期都曾開出頭獎二尾「二七」，有外遇的男數字狂會懊悔沒有簽「二七」。二七者，「二妻」也。至於生日、門牌號碼、電話號碼、車號，與開出獎號巧合者，更不計其數。我家巷口，還有位女數字狂，連月事提前來臨的日子，也一併拿出來檢討，於是鼓勇再投資，墮入數字的輪迴。

激進派的數字狂，不外是那些抱着宗教狂熱的信徒，以及被社會所遺棄的「畸零人」。許多社會運動、政治運動，總以這兩者為急先鋒。「當神做得不像個神」，這些數字狂「對神的報復是可怕的」，不只是矛盾散文中所描述的六十多年前的情景：久逢大旱的農民，懷着大恨把泥塑神像擡出來遊街，擱在田間烤太陽。信神的數字狂揁龜，已被奪走三寶，目中無神，他們把泥塑木雕的神從廟裏拖出來，斫足、去臂、斬首，神屍棄置陰溝田隴，成為新聞攝影的焦點。「畸零人」的數字狂則搶劫單身女郎、勒索食品公司、綁架臺銀獎券科長的兒子逼問明牌，為文字狂的報紙編輯平添幾許做標題的題材。每隔兩星期，只要留意數字，向組頭下注掛個號，就可在固定的收入之外，買到無限希望；並且能在開獎的過程中經歷命運的轉機，這就是數字狂的祕密。於是，數字狂集體捨身徵逐明牌，寫下一篇篇國民精神發展史。一方面是科學精神的勃興，一方面是超自然信仰大行其道。

話說我們中國人的數字觀念一向模糊，說款項不說零頭，只說「幾元多」；說時間不說分鐘，只說「幾時許」。歷史課本的年代數字，不知氣煞多少學子。塡報年齡，還有許多國民搞不清楚實歲與虛歲之分，自從數字遊戲興起，我們的社會充滿了精確量化的科學精神。最明顯的是重大時事發生日期、節日，成了數字狂的「時事牌」。七十六年九月十日，一一六四期愛國獎券頭獎尾開出「九一」，巧合記者節月分、日期，已夠教數字狂驚心了。七十六年九月二十八日教師節前夕，一一六五期愛國獎券開出「七六」、「〇九」、「二八」這三個頭獎尾，「二八」且連開兩支，巧合教師節日期，更是轟動一時。可以想見，有多少數字狂爲了忽略孔聖人的誕辰而深深悔恨，往後更加注意時事。反共義士駕機投奔自由，他的身高、體重、飛機編號、舉事日期，立刻成爲數字狂的明牌。高速公路出大車禍，要簽死亡人數的數字；要人謝世，要簽得年。至於在私人生活的領域中留意數字，尋求啓示，類似前面所提事例，多不勝數。追根究柢的數字狂，還用電子計算機，算出許多套似是而非的公式牌，也曾風行一時。到了愛國獎券發行末期，連八卦易理、推背圖也派上用場，大批數字狂與雜誌從中推演干支，領悟古文有關數字的雙關語，造成一場小型的文化復興。

徵逐明牌，完全是本土的產物，沒有「先進國家」的經驗可供借鏡，這點大大提供了數字狂的想像空間，也使許多放過洋的專家學者產生強烈的嫉妒。他們不知道在這方面我們自己就是先進。我祈求神的福佑；遇到重大危機，人的力量推到極限而無法承受，我們會對神發出最後的呼籲。然而神是那麼令人捉摸不定，所有的宗教學說無法完全驗證神的存在；所有的科學方法無法完全否定神的存在。神會在我們不怎麼需要祂時，不期然地給我們幸運；神也會在我們最需要祂時，棄我們而去，讓我們無助地陷入更深的苦難。自從發明了數字遊戲，神從高高的雲端被拉下來，求「神明牌」成了人與神聯繫最便捷的途徑，衆多的神，每隔兩星期愛劵開獎時接受一次定期檢驗，明牌應驗，則四方信徒湧至，香火鼎盛；明牌損龜，則爲數字狂所唾棄，永世不得復活。數字狂爲了追求聖寵，乃扮演「神」探，踏遍有名的廟宇，發掘偏僻的小廟，趕赴出土的古墓，偶爾破壞公路的欄杆，拜路旁的樹神、石頭公。對神的使者，如乩童、智障兒、精神病患更不放過，乃有新聞報導描述：一羣數字狂把一名聲譽卓著的精神病患逼到河裏，從他在水中掙扎所比劃出來的姿勢，頓悟明牌。

數字狂的症候到達極致，甚至能克服對死亡的恐懼。就有數字狂到墓地過夜，求得「鬼牌」。一般人最忌諱的數字「四四」，諧音「死死」，一旦傳爲明牌，照樣有大批數字狂下注，造成「封牌」。數字狂騎機車摔倒受傷，會爬起來觀察地上血跡的形狀，參悟明牌；駕駛汽車撞上橋欄而車毀人未亡，會有大批數字狂爭睹車牌號碼。數字狂丁父憂，若能悟出諧音「爸死」的明牌「八四」，撙節喪葬費用大筆下注，則在愛券一一六三期、一一六八期會中獎，這兩期的頭獎尾都曾開出「八四」。報載：七十六年十一月八日，一一六八期愛券開獎前夕，臺南縣於下午六時五十四分發生地震，敏銳的數字狂大簽地震牌「六五四」。結果，當期「特尾」開出近似的「六五五」，怎教數字狂不愛這個化災厄爲喜樂的烏托邦！

數字狂製造的種種事件，把我們這個清平盛世，化作魔幻島嶼，使得自認清醒的人，受到孤立的威脅。在維護現狀爲主、中庸之道是尚的中產階級眼中，數字狂毋寧是走偏鋒的、粗鄙的、極端盲目的，爲他們的品味所不容。數字狂的行爲，又游走在道德的灰色地帶，爲他們的二分法道德觀所不齒。於是，中產階級便透過他們所掌握的輿論，大加撻伐，雖然他們之中，有不少人玩着同屬投機性質的股票遊戲。接受輿論訓誨的許多同胞，沒有留意數字狂投機、貪婪、迷信等種種罪行，倒是特別注意數字遊戲的種種荒唐樂趣，以及一夜暴富的機會，紛紛投向數字狂的陣營，乃至於數字狂的大軍，在開獎前後聲勢奪人，佔滿電話線、操控數百億元的通貨，怠忽了工作、荒廢了田園，社會秩序的最後一道防線——法律，也頻頻告急。如今政府斷然停止發行愛國獎券，使數字狂頓失最有親和力的賭具，欲使數字狂就此偃旗息鼓。雖然學者們所提出的愛國獎券替代方案不絕於書，數字狂又迫不及待地看上了國民有獎儲蓄券F券的開獎號碼，準備招組、下注，坊間已出現蒐集儲蓄券各期獎號的册子。數字狂追求的是「夢想」，有誰能撲滅衆人的夢想呢？除非是喬治・奧威爾筆下的「老大哥」了。

民國七十七年二月三日中央副刊

忘情遊 二題

一、瀑布

那是個春日，情侶們都聽到古老的呼喚，要把愛情的歡欣，帶到山野，向大自然發表。人心的春夏秋多更替得太快，也許是在幾分鐘之間。唯有大自然持續的、歡欣的春天，解得情侶們急欲與外界分享的祕密。於是，他與她，從水泥牆的監護之中、從人造紡織品的承載之中躍出，首途那個以瀑布馳名的風景區。

只消數十分鐘的車程，就甩掉了紛擾的人世，抵達大自然的邊境。順着山麓的路標，走過十幾間窳陋的房舍，見過幾張污黃的孩童面孔（這些面孔也許是從事社會批判的好題材，情侶們卻無暇深究），終於踏上清幽的山徑。青草經過春陽半天的烤曬，濃郁的草香在空氣中洶湧，不時衝進他們的鼻腔，激起生物性的欲念。山壁上密生濶葉喬木，枝梢的嫩葉猶未全綠，形成一簇簇青黃色的傘蓋。間有一兩株樹蕨，在喬木之間展示原始風味的樹形。草鶯在芒草叢中追逐，口哨般的啼聲像是春日的夾註。他們意識到自己原是大自然的一分子，學那禽鳥、昆蟲，彼此依偎着，坦然行進。是啊，在人羣中，甚至兩人共處一室，在彼此依偎的快慰之中，仍潛藏着揮之不去的罪惡感，阻絕了愛情許諾的至福。唯有在大自然的懷抱裏，與萬物並生，他們才感到純粹的快慰。

一旦兩個相愛的肉體接觸，初步的滿足只會激起更大的、相乘的欲望。他們展開搜索，踏上溪畔，一塊草地柔軟得引起床之聯想，四周且有巨樹庇覆。他們便在樹蔭下雙雙躺下，復習着情侶們在幽室的動作，兩個肉體，彼此燃燒，直到筋疲力竭。當他們起身再出發，省視他們躺過的草地，彷彿已是一片焦褐。

他們順着水聲，踏上石板階級，三兩步便抹着汗，記憶中迴盪着方才的快慰，感到行走在山水畫中。回顧來處，羣山排列如張開的女腿，山谷的盡頭，一片灰濛濛平地，像是海，那便是他們來自的塵世。逃離塵世，是多少情侶的夢想啊。在這自然景致中，即令是下山的遊客，他們也當作大自然布景的一部分，不再有受監視的恐懼。

瀑布的聲音，愈來愈接近。從樹縫中遠望，一片白色的迷濛，到了瀑布邊上的空地近看，那是從山巔激射而下的、永無休止的意志，正如他們的愛。細小的水珠，濺到他們身上，眼前適有一座石椅，他們便坐下來，忍不住又緊緊相擁，復習肉體愛的快慰。當他縱情地吻完她，擡起頭來，赫見長草的山壁上一塊禿壁，幾行上了紅漆的陰刻正楷字，彈丸一般射入他的眼睛。

青年愛侶　行坐宜端
棒頭有眼　違者必杖

××洞　告示

她發現他的異樣，順着他的視線，也讀出這幾行莊嚴的文字。他們面面相覷，陷入無比的難堪。他們的愛，仍然是充滿了罪惡。放眼望去，在山壁的腰部，瀑布的近旁，開鑿了一間小小的廟。宗教和愛情一樣，急欲自我證明，遂不放過任何自然勝景。他們省思一路的荒唐，抱着悔過的心情，沿階梯登上山洞。快到神壇之前，黝暗的山壁上，還刻有幾行字，爲下方的告示進一步解釋。

就地投懷送抱者　非禽則獸　君子賢人所不為　智者雅士所不效　蒼天靈神所不佑　後進子德所不昌　汝當戒慎

淨業沙門　釋××

一名穿灰色袈裟的年輕僧人，背對神壇，立在崖前，面向無盡的山巒、紛擾的人世，閉目唸唸有詞，手中數着念珠。僧人用眼角餘光看到他們，卻不別過臉來，傳達了無言的敵意。看他清秀的臉龐，青青的髮苗，還有俗世的遺跡。山壁兩篇文字，想必出自他的手筆。莫非他在塵世早已飽嘗了愛情的淚與笑，而被欺騙、被出賣，最後認識了虛無，滿懷絕望，來到這片山嶺，枯守這個山洞？在這俯瞰勝景的高處，他又目睹了多少情侶，耽溺於他所棄絕者，才處心積慮在山壁上埋伏了這兩篇文字？

瀑布就在近旁，轟轟然的巨響，不斷沖進情侶的意識。他們感到暈眩，不禁牽起對方汗濕的手，彼此扶持。原來，愛情是這麼一條猥褻與不幸之路，他們無論如何逃遁，也逃不了在蒼穹之上，巨大的，像猛禽一般俯衝撲來的命運。

二、老井

他們的婚姻，歷經無數的猜疑、毒罵、爭執，還是維持了下來。兩顆心的距離，遙遠得像兩顆星球。只有肉體的需求和災難的威脅，偶爾拉近他倆。

這回是一場颱風，橫掃他們的居處。風裙掃過自來水集水區，豪雨將無數垃圾沖進溪流，自來水廠的淨水能力無法應付，打開浴室的水龍頭，流出的濁水，令人作嘔。襁褓中的孩子，沒有淨水沖牛奶，鎮日啼哭。他們只好驅車前往茶山，向茶農討幾桶乾淨的井水應急。

市區的街道，滿是黃泥，人行道上堆放着翻倒的破沙發、泡水發脹的木櫃，垃圾車穿梭其間，一路淌着污水，彷彿是人心醜惡的素質，全都具象化，在世間舉行展覽。直到車子駛上盤旋曲折的山路，才有淨地。

垃圾的臭味不復聞，山區清爽的空氣，經由通氣孔灌入車廂，引起他們愉快的情緒。看那些溪石上嬉戲的孩童，那些青蔥的林木，那些在天際優雅地起伏的山稜線，還有天空燦爛的秋陽，對萬物布施着溫慰，他們覺得又經歷了生命中美好的一段。

他握着方向盤，她抱着孩子坐在駕駛座旁，他踩油門、煞車減速時，感到車身承載的母子的重量。他覺悟到，他有責任帶着一家人駛向幸福。狹窄的山路上，他小心地與來車交會而過。只是在一個大彎角，不免來一個緊急煞車，身體忍受了強大的離心力。有一隻大黃狗，懶洋洋地趴在分道線上曬太陽打盹。他輕按兩聲喇叭，大黃狗不甘願地起身走幾步，稍稍讓開，他們才過去。

爲了這次緊急煞車，他們又起了爭執。她責怪他冒失，他辯稱狗無知。反正，他們和平的基礎，非常脆弱；彼此的地位，處在恐怖的平衡。他們無視車廂外大自然的仁慈，在封閉的小世界裏，作精神的撕扯。直到農戶的曬茶場上，才換上另一副強作平靜的面孔，對待外人。

蒼老慈祥的茶農，熱心迎上來招呼。她抱着孩子，聽茶農說着秋茶的收成，茶賽的名次，茶葉的行情。他提着兩只方形膠桶，由農家男孩引領，踩着生長青苔的石板小徑，繞到屋後一口老井之畔。

男孩掀開木製的圓形井蓋，露出老井。井壁生滿一環茂盛的濶葉草本植物，還有羽狀的蕨類夾雜其間。深綠色的井水，像一塊翡翠，凝固着，映出他面孔，正在期盼、思索。他接過吊桶，擲到井中，刷的一聲觸擊水面，聲音沁人心脾。他抽動井繩要裝水，吊桶卻桶口朝上，無法如願。他這才悟出個中玄機，升起吊桶，桶口朝下擲向井中，桶身才下沉。他拽起冰涼的井繩，勃起全身的肌腱，提出滿滿的一桶。握住提把，審視桶中，清澈的井水晃漾，一片翠綠的葉子漂浮其上，看來像生菜一樣可口。他輕輕拈開草葉，旋開方形桶的漏斗形蓋子，把井水倒進去。井水呈溫柔的拱形，傾入桶中，沾到指尖。他感到一股甘甜，從末梢神經通到腦部，精神的豐盈，使他綻開了笑容。他乘興再把吊桶擲入井中，又是一聲愉悅的觸擊。他熟練地操控井繩，使出氣力，井泉升起，傾入方桶。如此十數回，裝滿了兩個方桶，沉甸甸地，提回曬茶場裝車。他揮着汗，謝過男孩和茶農，和妻兒上了車，踏上歸途，心中充滿感激與滿足。

他放低速檔，謹慎地使用引擎煞車，緩緩下山，不想太早結束這段行程。生命中，只有少數美好的片段可供擷取，就像今天的茶山之行。有了井泉，他和她都開懷，談論着香茗，孩子，和樂的家庭，美好的未來。他似乎看到了幸福就在擋風玻璃的前方，他輕踩油門就可抵達。

車子行經來時遇到的大彎角，她突然驚呼一聲，緊緊抱住懷裏的孩子。他煞車望去，路中央一塊模糊的血肉，依稀是前不久那隻大黃狗的身形。白花花的肚腸，散亂在前後腿之間；褐色的血水，塗滿一大片柏油路面。黃狗的嘴張開，齜咧上下兩排尖銳的牙齒，訴說着死亡顯赫的威力。他看到了未來，他們的愛情的終局：歷經偉大的幸福，強烈的痛苦，他和她終將成爲兩具骷髏，而孩子勢必飛出他們的臂彎，投向浩瀾的世界。他只祈求，在那最終的日子來臨之前，他能不時逃離濁世，以專注的意志、精湛的技藝，向心靈之井汲取甘泉，常懷感激與滿足。

民國七十七年六月十二日聯合副刊

梵谷熱

想起了梵谷，我就看到阿姆斯特丹運河上的白色木吊橋，荷蘭田野多層次顏色的草地，以及荷蘭人剛毅而帶幾分憂愁的面容。這些梵谷筆下的意象，在荷蘭至今處處可見。在那個畫家的國度旅行，有時會分不清何者是畫，何者是風景。回到臺北，本該可以冷卻這個熾熱的名字，但是臺北的七月，街頭竟到處展售活生生的向日葵，標價一百元三枝。金黃色的花瓣環繞着碩大的褐色花房，梵谷曾震驚於它的美麗的線條與比例，畫了七幅向日葵。睹物思畫，眼前又是一幅幅沸騰的、炫目的顏料。聽到荷蘭朋友發出兩音節的名字：Van Gogh。他的畫很貴，一位女士在餐會上這麼說，並把荷蘭文發音才有的h尾音特別強調，一派誇張的語氣。

餐桌上，荷蘭小麵包我吃得不多，倒是整盤烤馬鈴薯，一掃而空。荷蘭朋友吉姆爲我解釋：「因爲梵谷畫過〈吃馬鈴薯的人〉。」可是，我這個梵谷狂，只能用飢渴的眼睛對待梵谷。在另外一個世界——蘇富比與克利斯帝拍賣公司的世界，世人眼中的瘋狂畫家，製造了本世紀的瘋狂事件。

先是〈向日葵〉，一九八七年三月，以史無前例的三千九百九十二萬美元賣出。同年六月，〈唐葛戴橋〉以兩千零二十四萬美元賣出。十一月，〈鳶尾花〉再破藝術品市場，也是梵谷自己的紀錄，五千三百九十萬美元賣出。一九八八年五月，〈艾德琳・拉霧畫像〉賣了一千三百七十五萬美元；六月底，〈巴黎人的小說〉仍然賣到一千兩百十六萬美元。至今尚未聽聞市場上有誰的畫賣得比這些畫更貴。荷蘭人談到這些，總免不了套句荷蘭式的口頭禪：「那是荒謬的。」

藝術品的「價值」難分高下，世人但知以「價格」判定價值。然而，唯有藝術品投入市場變成商品，產生供需關係時，才有「價格」。若把達文西的〈蒙娜麗莎的微笑〉或是林布蘭的〈夜巡〉交付拍賣，誰能想像會有什麼樣的價格呢？雖說如此，梵谷的畫還是以駭人的價格成為全世界注目的焦點，畫展所到之處大排長龍，藝壇也熱烈的討論他、歌頌他、顯揚他。

阿姆斯特丹國立梵谷美術館的導覽，是位戴金邊眼鏡的白髮先生，他以犬儒式的語氣說：「一般人只知道梵谷是個發瘋的畫家，在精神病院作畫，他曾經割掉自己的耳朵，他用槍結束自己的生命……」

不論老先生怎樣闡述梵谷從荷蘭時期到巴黎時期的畫風演變、梵谷對二十世紀藝術的影響，這所美術館獨絕的展畫方式，令我覺得他們在防備一批批潛伏的盜賊，而非藝術朝香客。沿着畫廊的牆腳，地上用金屬條嵌出一條停止線，離牆約一大步，遊客一旦跨越那條線，便會遭到管理人員禮貌的勸阻。這也難怪，這些畫在新聞事件渲染下，已具備了超現實意義，在某些人眼中可能呈現一幅幅鑲框的鈔票，我自己也有上前觸摸一下的衝動。在國內，朋友提醒過，梵谷的一幅畫夠一個人吃一輩子。

梵谷頭上的「光環」，除了錢，還有他所創造的傳奇性生涯。我告訴吉姆，在臺灣，梵谷可能是最有名的西洋畫家，吉姆一副難以置信的表情。我補充說，臺灣有位詩人，早年翻譯了美國作家伊爾文・史東的《梵谷傳》，吉姆這才頓然省悟。荷蘭人一本務實作風，把梵谷放在藝術史應有的位置，他們認為林布蘭才是荷蘭最偉大的畫家。他們也有梵谷美術館與庫拉——穆拉美術館，各收藏了兩百多幅梵谷的畫。荷蘭以外，梵谷的形象則和他筆下的人物一樣，誇張了、變形了，塗上一層神話色彩。

梵谷的書信，譯成多種文字；梵谷研究專書，可以填滿一座圖書館；梵谷的生平，拍成好幾部電影。我曾在國內的電視節目看過好萊塢拍的《梵谷傳》，寇克道格拉斯飾演梵谷，對鏡自割右耳的鏡頭，至今難忘。另外一部片子，彼得奧圖主演的《將軍之夜》，有一個有關梵谷的場景，才教人印象深刻。這位患有殺人狂的將軍，在美術館無意間瀏覽到梵谷自畫像，那張五顏六色的面龐、噴火的眼睛，磁石般地吸住將軍。將軍與梵谷對視良久，心理防線潰敗，內心的瘋狂湧上臉部，彼得奧圖極端發達的表情肌，表演顫動、扭曲、抽搐，淋漓盡致。是了，在大衆眼中，梵谷的標籤就是「瘋子」。這並非虛構，梵谷不僅是莎翁所比喻「詩人、瘋人、情人」三位一體的瘋子，更是在療養院裏有病歷的道地瘋子。

西洋藝術史上，不乏實實在在的瘋子。德國的浪漫樂派作曲家舒曼，晚年精神異常投河，「不幸」獲救，後來死在療養院。梵谷則是離開療養院之後，用槍抵住胸部自殺。藝術愛好者的印象裏，梵谷又多了一個殉道者的身分。比方說，日本的梵谷狂相當多，日本人大肆利用高度發達的傳播業，以書籍、錄影帶、影碟宣揚梵谷。爲梵谷的〈向日葵〉首創破紀錄高價的，正是日本的一家保險公司。梵谷酷愛收藏日本浮世繪版畫，畫風也深受浮世繪影響，固然是原因之一；更重要的是，梵谷的殉道精神，與日本人一脈相通。日本的切腹傳統，舉世無匹；日本戰後最偉大的兩位小說家，川端康成與三島由紀夫，也是以自殺了斷一生。

偶然自殺、意外死亡，頂多博得世人的同情與惋惜。若是預知自己的死亡，那是先知，更能博取世人的一份崇敬。梵谷死前的作品，像〈星夜〉、〈麥田羣鴉〉，後世通常詮釋爲「充滿了死亡的預感」。讀其書信，更發現梵谷在三十歲就有死亡的預感了。一八八三年致弟西奧書信中有一段話：「莫名所以的，我不由得老是想到一個念頭。不僅是與我一生相形之下，我這麼晚才開始作畫；而且是我可能活不了多少年……」

梵谷開始作畫的姿態，也是個先知。先知以反叛出發，梵谷反叛的是學院派繪畫傳統，以及世人對「美」的陳腐觀念。梵谷死後一年，《巴黎回聲》刊出這樣的評論：「這位天賦卓越、最敏感、最本能、最具幻想力的藝術家不復可求，思之令人悲傷。」

先知需要使徒，才不致在死後被歷史埋沒。梵谷的弟弟西奧，是他生前的知音；西奧的妻子約翰娜，在梵谷兩兄弟歿後保存梵谷的大批畫作，並把這些畫攜回荷蘭展出，使荷蘭同胞肯定梵谷，她才是眞正的「聖徒彼得」。

先知的行誼需要文件記載，以便流芳百世。梵谷喜歡寫信，他遺留的大批書信，輯印成册，厚厚三大卷，發揮了這方面的功能。心靈成長歷程，原原本本在信中吐露；辭藻簡潔而生動，具有福音書一般的感染力，在在點明了這位「藝術救世主」的孤獨與憂傷。一八九〇年六月，亦即他自殺的那個月，他在信中向弟弟吐囑：「……我一旦回到此地便投身工作——雖然畫筆幾乎從我指間滑落，但我確知我所要的，我已經完成三幅更大的帆布油畫。

那是在煩惱的天空之下廣袤的麥田，我已毋需另覓他途表現我的憂傷與無邊的孤獨……」

先知傳奇性的生涯，自然是後世藝術家的上選題材。二〇年代，德國表現主義作家朱利亞斯梅易爾—葛瑞夫，在他的小說《文生・梵谷》中這樣收筆：「這部小說的宗旨，就是發揚光大這個傳奇。」迨至今日，梵谷不知拯救了多少詩人、小說家於靈感瀕臨枯竭之時。

當我從阿姆斯特丹國立美術館出來，轉赴梵谷博物館，置身梵谷的畫之間，一霎時，所有的梵谷傳奇都湧上心頭，只覺是置身奇恩異典之中，竟分不清那是藝術，那是傳奇。而阿姆斯特丹空氣的顏色，屬於林布蘭，不屬於晚期的梵谷——不論晴雨，總是蒙上一層古舊的灰色。

我用來防衞「梵谷熱」的，是歌德的一句話：「古典是健康的，浪漫是病態的。」林布蘭晚景淒涼，妻兒亡故，財務破產，猶畫出〈猶太新娘〉這樣溫馨的作品。梵谷則是病態的，早期的畫，即充滿了不安定的線條，扭曲的形體。而且梵谷就是梵谷，即令他刻意模仿米勒田園畫的聯作，米勒的和諧構圖到他手裏卻呈現不安。這種不安，愈到晚期愈是強烈。看到著名的死前作品〈麥田羣鴉〉，我的心理防線崩潰，不禁佇立畫前，暗自讚嘆。那眞是瘋人的作品，藍天與金黃色的麥田，把畫面橫截爲兩個部分，兩個對比色系形成強烈的衝突（以前所見的印刷品，都有嚴重的偏色，偏向黑色）。平展雙翼的鴉羣，從右上角天色最深沉處一直飛到前景。有人解釋爲烏鴉象徵死亡，思之悚然。最令我震驚的是，這幅深受新印象派「點畫」影響的畫，是以出自寬鋒畫筆的「色條」所構成，這些厚重的色條的走勢，形成一股瘋狂的波浪，注視良久，感到整幅畫面都是搖晃。「我的筆觸毫無章法。我用不規則的筆觸揮擊畫布，任其所至。敷上去的厚重色塊，畫布上的斑點，毫不遮掩……」梵谷在一八八八年給畫家貝納的信上如是自陳。

在吉姆的帶領下，我來到奧特盧市的庫拉——穆拉美術館，驚識另一個梵谷。這裏收藏的油畫，大部分是梵谷晚年的成熟之作，包括他「艾耳時期」深受印象派影響的作品，以及「聖雷米時期」，他在使他「更快樂，更自由」的聖保羅療養院的作品。在病發時，他會把醫師打得滾下樓梯；平靜時，他則外出作畫，要不然就在屋子裏仿魯本斯、德拉克瓦這兩位大師的筆意作宗教畫。特別是那些風景畫，荷蘭時期的陰鬱冰消霧散，陽光迸自畫布，斑爛得令人目眩。對比色用得愈發大膽；厚重的油彩，彷彿正在畫布上流淌。「我變得愈老、愈醜、愈壞、愈病、愈窮，我愈是要以光輝燦爛、配置完善的色彩遂行我的報復。」一八八八年，梵谷在信中對妹妹宣言，遙遙呼應杜斯妥也夫斯基在《卡拉瑪助夫兄弟們》一書提出的名言：「美將拯救世界。」

梵谷也預言了他的復活。庫拉——穆拉美術館收藏的〈盛開的桃樹〉，題有「獻給莫夫」及「文生」的署名。這幅梵谷自認為最好的風景畫，桃樹的顏料厚得像浮雕，洋溢着少有的幸福感。梵谷在一八八八年給弟弟的信，提到這幅題獻給他的亡故的繪畫恩師的畫：「在我而言，對莫夫的每一樁回憶必定是溫馨的，非常愉快的，而非以悲傷的調子作成的作品……『啊，別認為逝者已逝，只要有人存活，逝者將長存，逝者將長存。』這是我對那事的感覺。」後世梵谷狂，也當以此心情追憶梵谷。

世人未必奉行這位先知對「美」的信仰。美術館的導覽人員，也流露了歐洲人面對美國人時所具備的優越感。她描述常常有一羣美國人趕到此地，在梵谷展覽室繞一圈，說：「噢！就是這個人的畫賣那麼貴。」然後匆匆離去。在展覽室，我眞的看見一羣美國太太，由導遊帶領着，以特快車過站不停的速度，把梵谷的畫——那些畫紀錄了為藝術而瘋狂的心境、與絕望奮戰的壯舉、一位「美」的信徒一生的奉獻——一一拋諸腦後。世人勢將不斷做出比梵谷更瘋狂的事，來顯揚這位先知。

民國七十七年八月二十四日《聯合報》繽紛副刊

斯賓諾莎住在這裏

斯賓諾莎的屋子，坐落於萊因斯堡（Rijnsburg）幽靜的角落。

來到這個樹籬圍繞的小屋時，正值西北歐的六月天，小屋沐浴在午後和煦的陽光下，屋頂陡斜，磚牆的顏色像爛熟的石榴。周圍的「斯賓諾莎街」停放着歐洲數種廠牌的汽車，猶是二十世紀的零縑。領路的荷蘭朋友重叩厚實的木門，年老的屋主吃力拉開門栓，問明來意後開門讓我們進去。古屋濃郁親切的霉味撲面而來。那是十七世紀的氣味，令人聯想到某些在漫長歷史裏醞釀成熟的事物。

屋主領我們經過他的起居室，光艷的瓷器、華麗的家具褥面，在走道上匆匆一瞥。隔壁便是斯賓諾莎當年的書房，大致按照三百年前的樣子擺設。一座陳舊的壁爐、一張長方形的大書桌，佔據了室內大部分空間。

壁爐銹黃的通風管，出口正對着書桌，壁爐對面，滿櫃子發黃的書籍挨牆陳列，書脊上印的書名，多爲拉丁文，是「斯賓諾莎協會」蒐集斯氏當年所熟讀的書目。地上未鋪水泥或磁磚，黃泥地被許多鞋底磨得鏡子一般發亮，斯賓諾莎就在這塊地上踏過無數沉思的腳印，醞構了偉大的《倫理學》。他的思想從這個斗室發微，當初是一燈如豆，那光線卻穿透了牆、穿過了漫漫的三百年歲月，乃至遠在臺灣的、年輕的我。是什麼樣的奇蹟，又使我在讀了斯賓諾莎的十餘年後，追尋這光源，來到這另一度空間？

唯一的線索，不過是威爾·杜蘭一九二六年初版的《西洋哲學史話》中譯本，邱煥堂譯的〈斯賓諾莎〉一章，提到萊因斯堡的房子：

「那座房子現在還存在着，那條路叫做斯賓諾莎路，藉以紀念這位偉大的哲學家。」

* * *

斯賓諾莎這位世人眼中的異端、逐客、聖徒，一六六〇年起，在這間房子度過他在哲學上最豐收的年代。先前在阿姆斯特丹，他是猶太教會裏得寵的門徒、未來的希望，並風光一時。只因他忠於自己的信仰，公開否定聖經教義，又不願悔改，便在惡毒恐怖的儀式中備受詛咒，逐出教會。猶太人當時被逐出教會，即意味着脫離賴以安身立命的猶太社羣。猶太社羣的激進分子，仍不放過這個危險人物，不久後又將他刺殺成傷。

斯賓諾莎把迂腐的教義還給教會，自己帶着宗教情操走了，另外建立個人的精神王國。

萊因斯堡的屋子，明明白白訴說着——阿姆斯特丹的繁華、族人的庇護，都可以爲了更偉大的、看不見的目標勇敢地捨棄。他孤獨而堅強，毋需另尋支柱，甚至愛情的溫慰也不需要。但是他卻是幸福的。整部《倫理學》給人的觀感，就是一個擁有純粹的幸福與自由的人，向人們啓示追求幸福與自由的祕訣。從篇首〈界說〉到最後一個命題，構成一座宏偉的神廟，予他的敵人以最痛快的一擊。

＊　＊　＊

毗鄰書房的更小的一個房間，挨牆陳列着一個工作檯，由兩個大腳座、幾根橫木與繩子串聯。我看到這個粗樸的裝置，與奮得眼眶發熱。雖然不能直接用荷語和老屋主溝通，我指指工作檯，再向老先生指指自己的眼鏡。老先生立刻會意頻頻頷首，嚴肅的臉龐綻開笑容，露出幾顆亮閃閃的金牙。他驚喜着，這位來自臺灣的年輕人，也能認出這是斯賓諾莎用以討生活的磨透鏡機樣品。

杜蘭在《西洋哲學史話》中提到，按照猶太人當時的傳統，每個學生都要會手藝，以自食其力保持貞潔。斯賓諾莎在此即以研磨透鏡爲生，並且控制收入不超出他的需要。《倫理學》就有這樣的話：「……那些知道金錢的正當使用，並以他們的需要爲準去規定財產的限度的人，只需要少量的金錢，即可過滿意的生活。」（賀自昭譯）他的著述工作既不爲餬口，也就不求討好於人。

自願的清貧，是斯賓諾莎形象單純的底色，更襯托出這位哲學家的風骨。海牙市也有另一個斯賓諾莎的屋子，門前街道的林蔭中矗立着他的全身銅像。銅像的臉龐形銷骨立，袍子破蔽縐縮，談不上英姿煥發。鑄造雕像的藝術家，顯然是藉此告訴佇足者，從清貧來認識這位哲學家內在的偉大光輝。

* * *

看見斯賓諾莎的頭像，安置在茂密的薔薇花叢中。暗綠的枝葉，浮出一朵朵粉紅色重瓣花朵，像是對這位孤獨的人無盡的讚嘆。他的作爲顯示，他並不希冀工作以外的報償。他的作品，除了早期的一部以外，全都不具名出版，《倫理學》擱到死後才出版。後世學者認定，他晚年在政治上、學術上是完全孤立的。

許多從事心智活動的哲學家、藝術家，平生不爲人識，在晚年享受到盛名，或者在作品裏預言死後將受顯揚。斯賓諾莎的作品，卻完全不談自己，他只把他發現的原理，當作客觀存在的事物，不帶感情地記錄下來。連他的文體，也冷如冰、硬如石，彷彿是大自然的一部分。

他的自我捨棄，竟做得這麼決絕。帶着「唯我」色彩的藝術家，面對斯賓諾莎的典範，不免有刺心的尷尬。在他而言，「對神的理智的愛」完全超越了對自我之愛，使他在孤獨中戰勝了四十次魔鬼的誘惑，包括王公貴族提供的年金、海德堡大學的教席。

斯賓諾莎的「神」，簡而言之卽爲「自然」，是非人格化的、永恆的、無限的，完全按照本身的法則行動，不因人的祈禱而受影響。唯有斯賓諾莎這般強健的心智才能識得這種神。

* * *

在斯賓諾莎的屋子巡行完畢，拍了幾張照片，老屋主向我展示方桌上一本巨大的訪客簽名簿，足足有數千頁。我問說有那些人物來過這裏，荷蘭朋友傳譯了，老屋主翻到卷首，指着一個熟悉的名字：

「一九二〇年十一月三日，A・愛因斯坦。」

這個發現，又給我一個莫大的驚喜。愛因斯坦參透宇宙奧祕，卻也說過，他可以接受斯賓諾莎的神。我翻過數種愛氏傳記的中譯本，只知道愛氏景仰斯賓諾莎，卻不知他也來過這裏。愛因斯坦確曾於一九二〇年十一月應邀訪問離此數公里的來登大學，竟也親訪斯賓諾莎的故居。這片黃泥地上，兩位偉大的猶太人足跡重疊，不知愛因斯坦當時有着什麼樣的感動、受到什麼樣的啓發。

斯賓諾莎晚年住在海牙時，德國哲學家萊布尼玆往訪，是哲學史家津津樂道的話題。但是荷蘭學者赫玆伯格深究，在宮廷位居要津的萊布尼玆，與斯賓諾莎談了一些泛泛的哲學問題後，卻避諱與這位異端談宗教，隨後趕緊結束會談。斯賓諾莎因爲政治與宗教觀點悖逆常軌，已被放逐，這次訪問對萊布尼玆是危險的。

斯賓諾莎生前爲局外人，死後卻躍居歐洲哲學的主流。他的思想影響了德國一系列哲學家、催生了法國的柏格森的「生命衝動」觀念，乃至詩人歌德、柯立芝、華玆華斯……中文學術界也不乏斯賓諾莎的仰慕者，中國大陸「人民出版社」發行了《神學政治論》，這部作品鼓吹意見發表自由，打擊政治、宗教權威，近年更引起學術界的注意。儘管一個人的大腦容不下一顆砲彈，從中產生的觀念卻蘊含了改變宇宙的力量。好似在交響樂裏，開始只是短小的動機，逐漸發展成樂句，各種樂器不斷加入複述這個樂句，到了最終，全體管弦樂齊奏這個樂句，掀起驚天動地的高潮。

*　　*　　*

告別了萊因斯堡，荷蘭朋友送我到來登火車站轉赴比利時。登上歐洲特快車，車輪在鐵軌上敲出催眠的節奏，推湧着我的思潮。在這不斷反覆的低音裏，我彷彿聽到銅管樂器燦爛的高音揚起，吹出英雄式的樂句。那是我在這個小國所見識到的偉大心靈的勝利——斯賓諾莎、林布蘭、梵谷……何時也能擁有一幢斯賓諾莎的屋子，超然獨立、自在自得，把心智活動的結果，推展到遙遠的繁星之間……然而，這個工業時代的節奏是狂暴的，商業社會的羅網是細密的，各類型的自由之敵，威脅着從事心靈創作的個人，遠比三百年前的歐洲教會強大。我記起了斯賓諾莎的屋子外牆金屬牌上的銘文，閃耀在碧空下：

哎！如果所有的人都聰明，
而又慈惠——
大地將成為樂園，
然而現在它往往是一座地獄！

民國七十八年二月二十日《聯合報》繽紛副刊

車狂

比利時人愛開快車，讀觀光指南就聞其惡名，到了布魯塞爾，可眞的見識到。就在尊貴的皇宮大道轉角、皇家美術館前，我目睹綠燈亮時，車陣洶湧殺出，其中一位傑出的駕駛，駕着飛雅特「快意」抄到電車軌道上超越羣車，輪胎在不平的路面磨出放鞭炮似的衝鋒聲。

在國內，常聽到官員專家們說先進國家的駕駛如何如何溫文有禮，這才知道，專家們對民衆不過是學着父母哄小孩的口氣說：「你看別人家的小孩多乖！」有了這個了悟，我便想爲本土的車狂造相，用攝影機的忠實，捕捉那理智的瘋狂。車狂們，請等等我！

車狂打開車門，鑽進夢的空間，就座後發動引擎，不必等到需要緊急煞車的狀況，車狂的生理狀況已經在備戰——

腎上腺大量分泌、瞳孔放大、心跳加速、血壓升高，鼓起贏的意志，全副注意力集中在道路，入檔、鬆離合器、踩油門，座車帶動了車狂的身體，對抗着惰性與空氣阻力，加入源源不絕的車流。這一趟車程，不論是例行的上下班、假日的旅遊，或是沒有目標的兜風，車狂都當作生命裏的一場競賽，亟思以熱情與技術，一路擊敗所有的挑戰者。

道路，是車狂眷戀的家園。道路之外，是一個凡庸乏味的世界，車狂所屬的中產階級大都託身大企業，消泯了個性，失去了冒險的機會，忍受着體制的巨大束縛，焦慮着下個月的家庭開支、明年的薪水、下半輩子的事業發展。雖說社會對於定義不明的種種個人成就，有着抽象的獎賞，像口口相傳的名聲、儲金簿的帳面數字、交際場合的衆人目光，可是這些都要通過概念的解釋，那像以身體直接感覺到的事物那麼實在？車狂的手掌，被硬中帶柔的方向盤所充滿；車狂的腳掌，感到油門踏板傳來活塞在汽缸裏往返的振動；車狂以準確的判斷換檔，感到金屬與金屬齧合的快慰。腳掌對油門踏板一施壓，引擎的聲浪澎湃，一股被馴服的力道席捲全身。此時，凡庸的生活被疾馳的座車拋在身後，車狂甚至可以從後視鏡裏，遠遠看到另一個他，在作無助的追趕。

車狂卽使在市區街道，也忍不住要作短程的衝刺、搶位；到了空曠的郊道，更想催逼座車，把視線所及的前方道路，不斷地用車輪占領，旋卽拋棄。在車廂外，車狂曾經對許多人與事付出熱情，卻得不着回報；他的座車，這個機器文明賜給人類的禮物，完全了解他每個動作的細微差別，作出立卽的反應。高速行駛時，方向盤輕輕一撥，車體就作出一個大蛇行；油門稍稍施壓，引擎轉速表指針就像被搔癢似的，順時針畫出優美的弧線，更有那悅耳的排氣聲浪，訴說着引擎的工作狀態。這聲浪，連計程車司機都怕聽，引擎轉速才向最高扭力點爬到一半，就急着換高速檔，完全沒有發揮車子的性能。

是的，性能，車狂對性能有着無以饜足的飢渴。車外的社會，不論是社會主義或是資本主義的社會，人只是體制裏一個小齒輪，誰曾把個人在感情與智力方面的性能完全發揮？只有人車一體的時候，車狂不惜扮演暴君，對座車又催又逼，讓引擎聲嘶力竭地運轉，變速箱齒輪忙碌地碰撞，輪胎發出吱吱哀嚎，只爲了要讓座車發揮百分之百的性能。

激烈的駕駛動作所帶來的樂趣，只有大幅度演奏樂器的樂趣可以比擬，兩者都是在瀕臨失敗的邊緣，製造出最大的愉悅。像瞬間加速的快感：只要有一小段空曠的路段，座車以平常速度行駛，右後視鏡出現鬼鬼祟祟的挑戰者想要超車，車狂猛然打入低速檔，油門一腳到底，引擎狂嘯，轉速表指針直上紅線區，座車以所有的馬力前進，車狂感到一股強悍的生命力穿過座椅推着他的身體，使他深陷椅背，靈魂進入酩酊狀態，直到後視鏡裏消失了挑戰者的車影，才減速恢復正常。

那高速過彎的成就：入彎前看準角度，屆時油門微微一收，方向盤順着道路的方向迅速一打，車輪滾入彎道，進入最危險的瞬間。這種瞬間，輪胎被重力加速度壓得胎身跪地，車身處於離心力與向心力的交戰狀態，車狂只能作出一種判斷，也是唯一正確的判斷，那就是維持着油門與方向盤的角度，讓車身經過彎角的頂點，然後修正方向盤，大腳踏油門出彎，並且誇獎自己：「我方才以九十公里的時速征服了一百二十度的彎道。」

最後是極速的喜悅。高速公路上，油門踏盡，時速表指針在終點顫抖，路況呈現電影中的凝結畫面，所有的車輛都不動了，單獨的或整批的被甩到身後。路外的風景，平日是色彩強烈的油畫，此時已是水墨畫，輪廓溶解在大氣之中，車狂君臨人世，彷彿可以直上雲霄。

冒險，是排斥輕率與魯莽的。車狂盡可能在車道奉公守法，在彎道則極不願意慢。慢，就失去了一次自我挑戰的機會。魯莽的駕駛行爲，但知直路狂奔，入彎則膽怯，帶着煞車，慌亂地打方向盤，讓汽車在彎道中偏滑搖擺，甚至衝出路肩，車狂絕對不幹。

車狂也不「玩車」，像那些濶綽的車主，把車子像時裝一樣不時更換，車主只是用車來滿足佔有慾，或是用以炫耀財富、彰顯地位，卻可能連引擎轉速表也不會欣賞，更別談在高速過彎時與方向盤搏鬥、大幅度操控時聽到輪胎的尖叫，利用精良的車體作出漂亮的甩尾。誠然，財富可以買到高速，比方說，花個兩百多萬元買到的高性能跑車，可以在六秒鐘左右從時速零公里加速到一百公里，輕踩油門，車身即可如出膛的子彈彈射而出，但是碰到不善駕馭的車主，高性能跑車也只能在車陣裏忍受一衝一挫之苦，千里駒也成了拉貨車的駑馬。那麼，街上有些車，加裝擾流板、全身大包圍，打扮得像上體育課的高中女生，該是車狂所駕的車了？未必，你可能在綠燈亮時，見到這種車在並排的車列中最後一個起步，車主連基本動作都不流暢。

做一名車狂，雖也不免俗，在消費導向的時代，爲一輛高性能跑車做着發財夢，卻也能透過頭腦的努力，從座車容量有限的汽缸裏，再擠出一點馬力來，像是換裝跑車排氣管、超高電壓點火線圈、低電阻導線、三角到六角的火星塞（普通火星塞只有兩個角）。你可以在汽車精品店，碰到神色憂悒的車狂出沒，他或許擁有的只是一千西西的小汽車，而有志換裝大口徑的雙喉化油器，讓愛車脫胎換骨，給他車狂的大能。

你大概以爲車狂是那種生物——紅眉綠眼、額頭長角、頭髮鬈曲、身穿牛仔裝、見了人就準備拚命。不，車狂可以是辦公室裏乖乖聽命的職員、從不蹺課的大學生、確實找零錢的計程車司機、音樂廳裏彬彬有禮的紳士，要到坐上駕駛座才會現出車狂原形，好比偵探恐怖片裏，殺人狂是那個最不可能的人。還有巷道中斜刺衝出來的小型越野單車、綠燈亮時奮不顧身搶第一的騎士，這些都是未來的車狂。

我國傳統國民性格，據說是謙抑自持、明哲保身，大批車狂上路，漸漸地改造了國民性格，保命哲學被冒險欲推翻；「剷平主義」，這種看不得個人突出於團體的心態，也壓抑不住車狂相互鼓舞鬥志，高速超前，把衆多駕駛人變成失敗者。

車狂並非全然幸福的。速度的快感，一如性的快感，總是不能和前前後後許多相關事物截然畫分。車狂疾馳時，車道終點有死神等在那兒。這點倒不勞他人擔憂，人們各式的狂熱，莫不是早已把死亡考慮進去，而經營出一個夢的空間，想把有限的生命，作最密集的使用。

車狂身後的大批追兵，倒是具有無窮威力，能把他從夢的空間拖出來，敎他重新認識這個悲慘的世界。窮人嫉妒，會在他的車窗玻璃刻上「王八」二字；環保人士的義憤，會強迫他的座車加裝反污染裝置，限制了性能。車狂的剋星，警察，更是秉承着公衆意志，配備了滲透力強大的高科技裝置，測速照相系統，在道路網製造《一九八四》的恐怖氣氛。何處可容身？聽聞西德建有不限速高速公路，日耳曼的車狂，可以盡情奔馳，領略到不帶犯罪感的高速。也只有那個浪漫主義、狂飆運動的往日重鎭，貝多芬、歌德、保時捷的產地，才會蔑視「溫和漸進」的道德，容許這等高速公路。

民國七十八年四月五日《聯合報》繽紛副刊

金門之犬

寶島的大陸熱橫掃千軍，走私進口的生物，從人到娃娃魚都有。令我印象深刻的是電視新聞上西藏獒犬的鏡頭——那一羣長毛的人類之友，本該奔跑在荒寒空曠的高原上，卻被囚禁在悶熱的漁船貨艙，偷渡到亞熱帶。如果事成，倒是可爲我們這個貪婪之島的孤獨富人，帶來些許昂貴的友情。只是這裏的水土，不屬於牠們，螢幕上衆犬無助的眼神，說明了一切。我想起了十餘年前，我服役所在的金門，狗與土地，是緊緊相依的。

當你在「水鴨子」(運輸登陸艦)的肚子裏，暈了十八個小時的船，在命令聲中列隊踏出船艙，踏上那個「敵情觀念」濃厚的島嶼，面對着未來一年、兩年，甚至三年與家鄉隔絕(當時義務役官兵並沒有返臺休慰勞假的規定)，有一種生物，能夠隨侍在側，不時帶給你大量的慰藉，你能拒絕嗎？於是，似乎自金門有駐軍以來，狗，就被默許在營房內自由活動，雖然飼養動物，在軍中是禁令。

我所屬的獨立營，營長就有一隻前一個駐防單位私下移交的純黑母狗。營長治軍嚴明，每天出勤回營，一跳下四分之一噸吉普車，就直奔他的碉堡，親熱地召喚「小黑」。小黑除了打躬作揖、搖頭擺尾、四腳朝天諸般本事，日久生情，竟然練出一項凡犬所不及的絕活——笑。我永遠記得小黑向營長諂媚地掀起兩瓣上頷，露出白森的尖牙。你若不相信那是狗的微笑，只須主人一聲口令：「笑！」小黑就會再演一次奇蹟。因此，小黑在我們營區的地位，儼然是副營長。那個閒得發慌的阿兵哥，敢捉弄小黑，給營長的傳令兵撞見了，包準罰站衛兵。

狗與人的情緣，是可遇不可求的。營裏有名傻兮兮的二兵，專受別人使喚、嘲弄，某日外出歸營途中，邂逅一頭雄壯威武的狼犬，不知怎的，一路就跟他回來了，自此成爲連上的重裝備，陪同主人做工、站哨，即使是連長飼養的白毛雜種洋犬，見了二兵帶着這頭良犬，也只有夾着尾巴走避的分，二兵因狗而貴。

於是，有緣人各有各的狗。一如營區的坑道與碉堡，乍看之下如無人之境，只待一聲哨音，會有衆多官兵忽然從四面八方冒出來；你也許看不出營區有多少條狗，一旦有穿便裝的老百姓進入營區，你便會驚聞一傳十，十傳百的犬吠，迴盪在整個營區。

* * *

我也有幸擁有一狗。通信兵的機房最隱密，私養一母犬，毛色土黃，尖嘴豎耳，生了一窩雜色幼犬，其中一隻最像媽媽的小黃犬，獨來獨往，有人侵犯即低吼抗議，阿兵哥們便叫牠「狗王」，輾轉送給我，養在軍官寢室。

自從狗王闖進了我的軍旅生涯，一切都改變了。我的伙食得少吃，好留下來餵牠；例假日逛山外市區，我買罐頭肉品給牠進補；狗王患疥瘡，半夜尖叫着搔癢，我從擔任醫護兵的獸醫科畢業生問到了「牛豬安」藥方，給牠好好洗了一頓澡，治好了。在孤島的寒冬，我們幾個軍官公餘之暇燉羅宋湯、煮金門土產的肥蟹，狗王也打牙祭。將近一年之後，一位老友再次從遠隔一座太武山的營區來訪，驚喜說道：「狗王這麼大啦？」我這才恍然，在這個島上，已經耗掉了一年的青春歲月。想想這些日子，狗王是怎麼陪我度過的：

在漫長的寒夜，海岸傳來五〇機槍點放聲，向着越界的彼岸漁船示警，我獨坐戰情室守候電話，天陰地濕，忽聞細碎的抓門聲，原來狗王也不耐孤眠，順着足跡找到主人，前腿搭上我的大腿。我便將狗王抱上大腿橫放，待牠打鼾，人與狗都暖了。此時，遠方愛人的思念，還不如一團毛茸茸的小動物來得溫慰。

在危機四伏的陣地，夜巡之時，只要我一起身，狗王必定從床下衝出，一路跑在我的前面，無意間肩負了掃雷與斥候的任務。我與新入伍、端着槍的哨兵談着五光十色的臺北，狗王便在一旁自顧自地啃草地、追蟑螂。我夤夜拜訪陸官正期班出身的連長，閒話軍中種種傳奇，聽他陳述當將軍的壯志，狗王便自己找個桌腳安憩，以鼾聲同這個戰地的慢板抒情樂章合奏。但是一聽到我離去的腳步聲，狗王鼾聲立停，箭步衝上來開路，令徒有百餘名部屬的連長稱羨不已。

在莒光教學日，上級單位的督導車來營帶我們幾員軍官到各單位視察，狗王一路跟着「四分之三噸」軍車跑了數公里，我們下了車才發現行伍之間多了一條小黃狗。敬愛的長官也是識趣之人，不以爲忤。於是，一方是服裝整齊的官兵，除了衞兵勤務，一律端坐在小板凳上，看電視教學、讀政治教材，端正着各自的思想，統一着集體的戰鬥意志；一方是天真活潑的金門土狼狗，發現了新天地，在連集合場、菜圃、碉堡走道之間，四處狂奔，快樂地探索，斜着身子急轉彎，揚起陣陣的狗趾磨地聲，吸引了人批注目的眼神。啊，那時，狗王是唯一不需要思想的動物。

我若離營數日，回來的時候總有同僚告訴我：狗王是如何的失魂落魄，整天蹲在營門口，眼巴巴的盼我歸來。

* * *

狗兒雖好，我們別忘了，在金門，吃狗肉是特殊的軍中文化。我聽過營裏的阿兵哥，也有偷吃同袍的狗的事；更何況外地來的無主狗，一進營門就等於進了五臟廟了。大家都說狗肉的等級，可以狗的毛色區分爲「一黑二黃三花四白」。其實呢，我吃起來覺得並沒什麼差別。大概軍人吃狗肉，如同講話時喜歡夾雜生殖器名稱，是爲了證明自己的男子氣概。

我們吃過一條像成年狼狗一般大的黑狗。那廝每逢深夜，神不知鬼不覺地潛入營區，搶食本營衆犬的剩菜剩飯，終於有一回，被軍官們在儲藏室設下的陷阱捉住了。它移動了卡住紗門的盤子，觸動了紗門的彈簧鉸鏈，被關起來了。這件事轟動整個營區，成了當天清晨最響亮的起床號，官兵們把儲藏室門口堵得水洩不通。大黑狗如刀鋒般銳利的眼神，瞬間黯淡無光；牠或許是自知大限已至，足足撒了一湯碗的尿。軍中人才濟濟，各人使出看家本領：好勇鬥狠的黑社會角色，進儲藏室用繩子套住狗脖子；傻兮兮、專幹粗活的大個子，被人哄着拿起木棒，一棒打碎狗腦殼。還有專業的屠夫（他入伍前的職業欄的確這麼記載，曾經引起人事官爆笑），負責剔毛、剮皮、割肉、剁骨。狗鞭聽說最「補」，讓「角色」拿去泡酒；我們幾名軍官，分到一大塊腿肉，營長聞訊大喜。白天大夥兒出完了勤務，趕在宵禁開始之前，派員到市區中藥店買了一副專門燉狗肉的中藥（店員抓藥駕輕就熟），交給炊事兵，大鍋燉了起來，衆軍官圍坐一桌，配上金門白高粱，暫時拋開緊張的從屬關係，大碗喝酒，大塊吃肉，濕冷的碉堡成了暖房，險惡的戰地成了樂園。大夥吃到一半，剛好碰到一批剛下船的預備軍官來營報到，連忙多擺幾副碗筷，請吃狗肉。幾名在臺灣剛從大專畢業、預官結訓沒幾天的「菜鳥」，錯愕地坐下來，一時之間不敢舉箸。我們用筷子指着那一鍋浮着藥材，熱騰騰、黑黝黝、五味雜陳的湯說：「這就是金門。」

＊　＊　＊

請抽退伍煙，吃惜別宴的日子終於到了。袍澤的熱情，濃烈如高粱酒，我曾經喝得大醉，由弟兄扛着到廁所嘔吐。友情日後可在臺灣再敍，我倒也不牽掛，唯一令我不捨的，竟是狗王。一條狗把我和金門的感情串連起來了。多少個日子，我曾經抱着吉他唱〈回憶〉，咀嚼着「思歸期，憶歸期」這一句的詞與弦律，想到狗王未來的命運，我陷入極端的矛盾。「要不要帶個紀念品回去？」一位與我相熟的連長指着狗王問我。的確，帶回牠，就帶回了整個金門，帶回我在此地的悲哀與歡樂的記憶。

但是軍中當然不准帶狗上船，尤其是海軍，連骨灰都不願意放行，更別說一條狗混上船了。

醫官提議用痲醉劑把狗王痲醉十幾個小時，我可以裝在行李袋裏混上船，這個主意很科學，但是不實際。

帶回臺灣又怎樣呢？做妨害鄰居安寧、在水泥地上磨鈍腳趾、苦於無處放屎放尿的「公寓狗」嗎?不。牠屬於金門，屬於這裏遼濶的海灘、曲折的坑道，以及衆多亟需撫慰的征人的心。

可是，我又怕牠給人吃了。營裏的「老金門」軍官告訴我，以前駐防金門的「老芋仔」，養狗養到卽將移防臺灣的時候，愛犬礙於軍令無法同行，爲了不讓接手的官兵把牠吃了，寧可自己用藥把狗毒死了再走。

我還是冒了險，把狗王移交給新報到的預官，囑咐莫讓牠落入他人口腹，好讓狗王陪他度過前方漫長的役期。

登上「水鴨子」那個下午，我們一批退伍的預官列隊集合，點完了名，領到退伍令，坐上四分之三噸吉普車，準備前往料羅灣碼頭。狗王按照已往的習慣，興沖沖地跟來，望着我搖尾巴，準備尾隨。軍車引擎發動，我不得不橫了心，大喝一聲「回去!」狗王便受了委屈似地，夾起尾巴，側着身子，低垂了頭，用眼角餘光怯怯地看主人。

爲了不使牠留戀不捨，我竟然只能以這兩個字與牠訣別。

十幾年後，行文至此，我又巴望桌下有隻毛茸茸、軟綿綿、熱烘烘的小生物，挨擦着我已涼的雙腿，無限量地付出對孤獨者的愛。

民國七十九年十月十一日聯合副刊

湍流不息

眷村孩子野性十足，總會找到一條發洩的管道。在我們的村子，大圳是野孩子的天堂。大圳從石門水庫奔流而下，滙集自大漢溪上游的圳水，肥沃了整片山谷的農田。流域的農人本本分分地引圳水灌溉田畝，大圳流過我們村子的山腳下，卻成爲大江大河的象徵，製造了種種事件，產生了種種傳說。大圳的水有兩個成人的身高那麼深，在山腳下轉了個大彎，流得像部隊緊急集合那樣急，變得兇暴無情。村裏曾經有名小學女生，受了長輩的氣，一時忿怒難平，投身大圳自盡。附近駐軍一名士官長路過，仗義相救，也賠上一條性命。也曾有不諳水性的一羣孩子在圳邊嬉戲，其中一個失足落水，玩伴下水救援，一個接一個，一口氣去了四、五條人命。大人在營日子多，在家時間少，野孩子愛冒險游大圳，每年夏天，大圳都要死幾個人，雖然畫着骷髏頭的牌子在圳邊豎起，也擋不住。

從我懂事開始，我就時常站在山頭，遠遠望着山腳下那一條碧綠的圳水，還有遠看像小人國一般的野孩子們，一一從岸上躍入水中，消失了身影，稍後又在大圳另一端浮起，攀着圳壁上岸，彷彿歷經一場重生。後來，由大人帶着到山下郊遊，過大圳橋的時候，更忍不住停下腳步，任憑轟轟的水聲灌進耳中，瞧着那些大孩子，怎樣玩那種驚險又誘惑的遊戲。

圳水先經過兩座橋，才變成腳下湍急濺湧的漩流。先是水橋，緊接着就是我站立的陸橋。大圳流經此地，遇到地層塌陷，當初施工人員就搭建了這座密閉的水橋，引導水流凌空越過塌陷的溪谷。水橋外形像火車廂，卻有三節火車廂那麼長，游大圳的孩子下了山來，走過水橋，像走過火車廂的廂頂，從上游下水，鑽過裏面漆黑如山洞的水橋，在陸橋下的浪花中浮出，再奮力泳向圳壁，抓住鋼筋造的扶梯爬上岸，赤條條的身子，帶着無懼死亡的神色，煞是神勇。他們把這種遊戲叫「鑽洞」。我深深迷上了他們在惡水中的逍遙勁。

我們家四個孩子，在小學裏每學期拿校長獎，倒是鄰居眼中的「乖孩子」，不同於那些野孩子。可是我每到夏天，總是背着母親，到村子附近魚埤裏玩水，回到家怕給發現，內褲濕答答也不換，用胯間的體溫烘乾。魚埤的水又腥又渾，游來游去老踩到爛泥，我不時聽見大圳轟轟的水聲在召喚，嚮往那碧綠的水色，跳進去涼徹筋骨的感覺。升上國中的那年夏天，我終於加入野孩子。

岸上離大圳水面，還有一個成人高，第一次下水，知道手腳擺動就能使身體漂浮，一點不像大人說的那麼危險。野孩子之一並且表演一手「特技」；在岸上樹蔭下臥讀武俠小說，突然來個「鯉魚打挺」，連人帶書一起躍入水中，武俠小說舉得高高的，擲回岸上，滴水不沾。有時大夥玩得興起，在岸上戲打羣架，把弱小的丟進圳裏，看他像隻小土狗掙扎上岸。主戲當然是「鑽洞」，野孩子一個接一個沒入水橋入口的瀑布，歡度節慶般的吆喝聲比人先進洞，迴盪四壁，是對安全世界的嘲笑，也是自我陶醉。頭幾回我還不敢「鑽洞」，怕那水橋吞掉性命。玩伴教我，進洞以後，有兩道浪，在每一道浪之前潛泳，頭才不會撞到頂壁；出了水橋與陸橋，要避開兩側的漩流，順着主流到了水流平緩的地方再游上岸。我便由玩伴帶頭，學習「鑽洞」。

圳水進洞之際，由於水位突然降低，形成弧形水坡。洞裏一片漆黑，從洞口即可聽得圳水四壁迴響，湍流不已，等待祭品。以前在上游落水的人，一旦被沖進水橋，就會杳無蹤影，屍體要在好幾公里以外才會由攔水壩攔下來。那時我卻不假思索，緊隨玩伴濺起的水花，一躍而下，對準洞口，順流而去。

那是一種恍如隔世的感覺。我感到身體在靈魂之前漂進橋洞，那一霎間，我詫異自己爲何來此，爲何做此事，就像遭到巨禍，或是身處異國般地難以置信。我只記得在反彈浪之前潛泳，浮水之後奮力向前方的光明掙扎。在湍流中，狂暴的水聲充滿了整片腦海。擡頭忽見前方玩伴已撲通撲通的游向岸壁，便重新鼓起了勇氣，划動四肢，擺脫兩側漩流，在水流平緩處抓到扶梯上岸。我抖落一耳水珠，用小碎步跑在懸空的水橋之頂，奔回上游跳水處，感到超凡的喜悅。這喜悅，完全不需要他人的掌聲來肯定，是何等自足啊！

原來，冒險並不是那麼困難。只須經歷一陣隔世之感，對自己施加輕微的壓力，就能完成一件大事。玩伴們以幾乎察覺不出的笑容，迎接我這個會讀書的「好學生」成爲他們的一員。我知道我屬於他們。這羣人後來的發展，我略知一二：有的做了「太保」，犯案累累；有的做了海員，飄洋過海；有的上了軍校，意氣風發。只有我幹上知識分子。而我當時游大圳的方式，與他們稍有不同之處，乃是我會老遠的走到上游再下水，任憑少年的身軀仰面漂流，看那兩岸樹影流逝，天空雲影變幻，恐懼着不可知的未來……

我游大圳的事不久就傳到母親的耳朶裏，她半信半疑，免不了整天嘮叨，只是父親長年在營，對四個孩子只能採放牧的方式敎養。幸好兩個弟弟並不像我，沒跟着到外頭撒野。在舉家遷出眷村之前，大圳整整件我度過了三個夏天，其間發生過兩次意外。

有一回，我不甘每次出了水橋都得避開漩流，直接從橋上對準出口的漩流跳下去。我低估了漩流的力量，一下子就給捲進水底，雖然在用腳探到圳壁，奮力一蹬，也只能浮上來片刻，又被捲入水底。如此數回，但覺天旋地轉，那種不知身在何方的隔世之感，愈來愈濃。

有個玩伴機警，奮身朝着我跳下來，藉着落水的力量把我推出漩流，我這才恢復意識，順流游上岸。這倒也嚇不了我們，游大圳的遊戲規則裏，救人與被救是稀鬆平常的事。

另一回對野孩子而言才教嚇人。父親從外島回家休假，我也耐不住，偷溜出來游泳。正在浪花裏逍遙，忽見山頭多出一個熟悉而可怕的身影，恰是父親尋我不見，聞風趕來逮人。野孩子們見狀，個個面色凝重。我們在「無父」的世界闖蕩，終究逃不了父權的審判。村裏有的人家會把孩子吊起來打，有的人家會拿熾紅的火鉗懲治當太保的孩子……。這回父親倒出乎意料，沒有拿出家法，僅僅罰跪而已，斥責我時還面帶得色。後來聽母親說，父親在大陸撤退時，還游過長江。也許我是我家中最野的孩子，與他最爲肖似，教他一時舉不起棍子。

可是，我依舊抗拒不了冒險的誘惑，否定不了血液裏的野性。在往後歲月，我更投入了各式「禁止游泳」的深淵，時而困頓於艱難，時而陶醉於飛升，讓父母焦心，妻子憂煩。我自己則自私地豐富了生命，自認經歷了完整的人生旅程，即令橫死亦無恨憾。而我在其他的眷村孩子身上，也曾見證類似的野性，湍流不息。這種野性，使眷村孩子投身政壇成爲「街頭小霸王」，投身新聞工作成爲毀滅禁忌的健筆，也會使迷途的眷村孩子犯下轟動一時的滔天大案卻面不改色。更有個眷村野孩子，仗恃作曲作詞的才華，不循常軌進出海峽兩岸，戲弄了兩個政權，贏得一身令名兼罵名。追溯這野性的源頭，也許是我們的父輩從遼闊的大地，從陣仗殺伐的歷史帶出來的。我從童年的大圳認識自己，認識了眷村孩子的宿命，卻仍未擺脫對自身野性的恐懼，只是深深相信：再大的險境總有盡時，一旦度過了短暫的隔世之感，反觀一切，原來都是易事。

民國八十年二月二十一日聯合副刊

電腦熱

波灣戰爭期間，一般人把新聞焦點集中在新武器介紹的時候，有一條新聞倒是特別吸引我。那是說科威特人在伊軍佔領期間，利用個人電腦和印表機傳遞情報，聯絡地下工作人員，漂亮的完成許多敵後破壞行動，並且引導盟軍尋找轟炸目標，大挫伊軍實力，埋下往後勝利的種子。電腦竟然能夠擔任扶傾救亡的任務，令我這個新進的電腦狂感動不已。

還有一則新聞也令我印象深刻：一位女立委接到一名雛妓的求救信，率警員突檢私娼寮救出她，女立委除了一面指責娼寮喪盡天良，並且舉證說明這名火坑少女奮發向上之心：警員在她的房間發現一批電腦書籍。可敬的電腦，取代了佛經、聖經，成了救贖的工具。

電腦對我而言，則是繼音樂與音響、汽車之後，另一樣激起狂熱的事物。憂鬱與狂熱，一向是我最喜歡的生命情調。法國小說家紀德說過「憂鬱是消沉了的狂熱」，倒過來說，狂熱可是亢奮了的憂鬱。我的憂鬱主要來自對年歲的恐懼。想想我已經三十六歲了，三個兒女一天天長大，提示着我：自己已經過了生命的巔峯，開始一步步邁向死亡。生活若沒有新的刺激來充實，我會擔憂某天早上起來，發現自己七十歲了，幾十年的歲月都是不知不覺的過去的。幸虧有了電腦，使我覺得每天都是不斷的學習與進步，生活又有了可供無止境追求的事物。

我與電腦結緣之前，像許多愛情故事的男女主角一樣，在定情之前有過一段相互排斥的時期，一旦由恨轉愛，愛起來就格外的熾烈、格外的珍惜。電腦早先給我的印象是最俗不可耐的、是一些學無專長的人的龜殼。因爲我常聽說大學同學滿懷壯志出國攻讀艱深的學門，結果窮於應付，只好轉修電腦，以下下策在美國混碗飯吃。另外，電腦語言對行外人而言，是一座迷宮，一頭栽進去的話，可能徒勞一場。我也深知自己一旦染上了某種熱，總是一頭栽進去，不知何時才鑽出來。迷古典音樂的時候，爲了蒐購大師錄音版本透支薪水；迷汽車的時候，爲了提升愛車性能三天兩頭跑精品店。有好一陣子，我刻意迴避電腦，不敢逛資訊展，不敢進資訊廣場，視電腦爲冷冰冰、無人性的機械文明表徵。當我任職的報社決定全面電腦化作業，並調訓編輯上電腦課，我方知因緣際會，非買一部電腦不可了。以我學樂器的經驗可知，要學會一項技藝，最快速有效的方法是把工具買回家來，和它共同生活。

電腦進門時，外務員示範的幾個動作着實把我唬得一楞二楞。自己來「操盤」，DOS

（磁碟作業管理系統）動不動就回答一句「命令錯誤或檔案名稱錯誤」；驅動文書處理軟體，複雜的按鍵定義常令我寫了一段文字不知如何收拾。另外還有繪圖、算命、資料庫等程式，一進去就是一個陌生的國度，有時進去了出不來，不是弄得「熱開機」重來，就是當機。我開始陷入許多電腦新鮮人的噩夢，連續幾個晚上操練得當機好幾回，到了一大早再打電話向電腦公司求助，詢問正確的操作方法或是軟體毛病的克服之道。熬過了剛開始的摸索期，就能夠自力救濟，買老電腦狂寫的書來操練。資訊廣場又是另一個世界，我發現有那麼一大羣人在這個領域從事研究與創造，展現了類似藝術家執着於工作的熱情。誰說電腦只能思考，沒有意志？軟體程式便是衆人的意志與理性的結合。軟體的寫作，蘊含了創作者的性情。有的軟體很謙和，在個人電腦的系統裏預留了他種軟體工作的空間；有的軟體很霸道，作系統設定時會把原先狀態整個改掉。有的軟體透露幽默感，使用者下對了指令，會來幾小節貝多芬或是巴哈作爲獎勵。當我坐在顯示幕前，面對的不是電扇、電冰箱這類無生命的機器，是千百人的頭腦的集合，每當螢幕捲動，或是執行的程式呈現結果，我便覺得彷彿有個幽靈在幫助我工作。有時徹夜操作，滿腦子堆的都是指令，入睡後夢中會有電腦幽靈遊走：被遺落的字句在黑色顯示幕上旋轉。有生命的顯示幕發出無窮的疑問。我置身陌生的世界，不知自己是誰，所爲何事。

學習中文輸入法也是一大挑戰。我一向以爲，文思的管道，只限從大腦經手臂到筆尖，以機械式的鍵盤作輸出口，可能會使文思滯礙。特別是一面構思，一面還要思索字根，探尋字鍵，以電腦作文書處理，成了很麻煩的事。年輕人愛找麻煩，成年人則怕麻煩。中文輸入練習單調枯燥，爲了克服重複機械動作所造成的倦怠感，我動用了巴哈。敲鍵盤的同時，房間裏的音響同時播放巴哈的鍵盤音樂，我想像着巴哈當年在柯登宮廷大教堂裏，十指快速而準確的在鍵盤上飛舞，指間流瀉光芒萬丈的音樂，意氣風發，不可一世，自己在電腦鍵盤上也就心嚮往之，手指的律動也就比較敏捷而準確。這大概可算是我對巴哈的「嘲仿」(parody)吧。爲了提升自己渺小的生命，不向偉大的靈魂學習還能怎樣呢？

「獨學而無友，則孤陋而寡聞」。同事兼好友吳鳴也是心中有烈火的人，蒐集古典音樂唱片不落人後，迷茶藝的時候養了滿屋子的茶壺；迷刻印的時候弄得成天滿手是血；學起電腦來也是操盤操得通宵不眠；加上作息時間的配合，我們便成了電腦撮合的道友。每天凌晨，編完報回家，家人都已熟睡，我們卻開始電話長談。吳鳴在攻讀史學博士，打算用電腦寫十幾萬字的論文，學電腦比我早兩個月，剛開始也是徹夜操作到當機好幾回，一大早再打電話給電腦公司。他在研究所裏可以接觸到較多電腦資訊，聞道在我之先，加上勤研電腦祕笈，短短三個月之內，從電腦門外漢搖身一變，成了電腦醫生，常常帶着工具程式磁片出診，爲別人解決疑難雜症。我也曾經是他出診的對象，爲了診治我的機子，他專程駕訪，耗了一個下午把我的檔案配置不合理之處、缺乏效率的工作程序、寫得不漂亮的自動執行檔統統來個大翻修，跑起程式來，乾淨俐落，有如脫胎換骨。我則感染了他的熱腸，現在看到別人的機子一片混沌，也會手癢，想幫忙整頓一番。那段夜半透過熱線暢談一拾之得的日子，令我回味不止。

電腦也改變了我的家庭生活。我上的是夜班，白天內人外出工作，我在家裏帶着三個小寶寶，原本是在古典音樂聲中隨他們三個東玩西鬧，希望收潛移默化之效，我也在孩子嬉鬧的空檔汲取一丁點美感經驗。如今又多了一副鍵盤同時敲敲打打，我的一歲半的小女兒不時來搶鍵盤，六歲的大兒子則學會了自己開機跑程式，玩他最愛的「忍者龜」電玩。看他專注的神情，我憶起我的童年是資訊眞空的年代，他的童年卻是資訊爆炸的年代。我大費周章的學新技能，終於有了傳承的意義：再怎麼樣，我所知所學，可以傳授給我的子女，必不致流於徒勞。他們將來會知道，我還算個長進的父親。

摸出電腦的門道，便想享受電腦的熱鬧。我原本的生活還算單純，把生活資訊電腦化，生活反而變得複雜起來。我想編一本親友通訊錄，就自己買書來照着說明學習操作「資料庫」；想做家庭日記帳，逮到在貿易公司任職的朋友，就向他學習操作「電子試算表」。如此一來，倒像我的生活在爲電腦服務，而不是電腦爲我的生活服務。電腦廠商也深通「供給創造需求」的道理，軟體不斷推陳出新，硬體也像汽車、音響一般，可以添購週邊設備，提升性能。我相信科技產品跟女人一樣，愈新愈能幹，在能力範圍所及，時時追求更新設備。妻子像我幼時母親對待我一般，掌理有限的收入分配，卻特別寵我，讓我每次伸手要錢時，覺得好像有用不完的錢，活在富裕的幻覺中。

說來罪過，我的陣陣狂熱，不脫中產階級的消費主義。比方說，我以電腦狂的嗅覺打聽到某家資訊廣場正在熱賣最新版的多功能軟體；以車狂的姿態開快車出門搶購；以音樂狂的素養邊聽音樂邊玩電腦，樂以忘憂。不像我的一位大學老師，讀到「江楓漁火對愁眠」的詩句，會聯想到漁民深夜捕魚的辛勞而悲憫不已。但是，我仍然深信，人的生活，人的歷史，都需要追求夢與光輝。腳程稍快的人，也不必退回起跑點製造平等的假象。不論是高性能汽車、雷射音響，或是多功能的電腦軟體，縱然需要金錢的堆砌，我體會到的是衆人夢想的實現。這些人工化的東西，突破了人際關係的疏離，遠比面對面接觸人更不會帶來失望。

民國八十年五月九日中央副刊

菸酒篇

離菸記

朋友來訪，談興正濃之際要找菸抽。我抱歉的說沒有，朋友微慍的說：「喔！你離菸了。」他講「菸」字特別用臺語發音爲「婚」，帶有濃重的嘲謔意味。稍後他弄到了菸，點燃了，故意噴得滿室繚繞，想誘惑我犯癮。我只覺得很刺鼻，與陶醉在菸味的記憶，彷彿隔了一重山。他離去後，不知是有意還是無意，把菸和打火機一起留在茶几的下層，一連好幾天我都無動於衷。直到有一天，四歲的大女兒玩耍時發現了，抽出一根菸，興沖沖的跑過來，向我表示貼心。我雖有輕微的感動，還是在她期盼的眼神下，溫柔的拒絕了。於是我確定離菸成功。

癮君子大多曾有離菸的念頭，甚至打從心底討厭自己抽菸，卻沒有眞正付諸行動，正如許多夫妻之於離婚。會染上菸癮，與世上諸不幸發生的原因相同，不外是好奇。我從高中三年級開始抽菸，菸齡有二十年之久，香菸一直是我生命的註腳，大憂或大樂時都少不了它。當然，我也遭受一般癮君子所遭受的責難：親人詛咒你的健康，師長查緝你的罪行，公益社團以布道者的口吻宣布你的末日，非癮君子則貶你爲敗類。少年時，我躲在廁所抽菸，怕長輩逮着；成年後，又因辦公室一名癮君子心臟病發猝逝，引發恐菸氣氛，主管宣布禁菸，我又跑到廁所噴菸。我不遺餘力護衞我的菸癮，也爲我的菸癮找了千百種理由：對奶嘴的鄉愁；天生神經質；血液中尼古丁缺乏；激發靈感；排遣苦悶；追求成熟。有人好意告訴我：抽一根菸，少活五分鐘。我則回答：我寧願以少活五分鐘，來換取抽菸的快樂。

抽菸的快樂程度有別，正如我們許多別的嗜好，在不同的場合滿足，會帶來不同的樂趣。我抽過滋味最美好的菸，是求學時與好友共享的。我半夜拜訪他，相約共賞指南山下的月色，談興正濃時，突然下起雨來，我們躲到民家屋簷下，點菸續談。不料兩人都只剩下最後一根菸，抽完菸時，發現雨勢未歇而談興仍濃，就在地上撿起一根比較長的菸屁股，兩人輪流抽，直到菸屁股燒到濾嘴。我們事後回想，那眞是我們抽過滋味最美的一根菸。後來每當我看到電視上播出槍擊要犯就逮的鏡頭，我注意的不是他們的悔悟情形，而是警察爲了做筆錄特地遞給他們的一根菸。他們忘我的深深吸進以後難再嘗到的滋味，彷彿能超脫目前的一切，那滋味有多美好啊！

香菸一如股票、民主，造成社會上參與者與局外人兩極對立。反菸大軍包括環保官員、癌症患者遺族、有潔癖的女士、浪子回頭的戒菸者，他們要求癮君子至少莫在公共場所吸菸。然而癮君子最需要的卻是在公共場所吸菸。在虛應故事的辦公室、沉悶的會議、擁擠無聊的候診室、暗無天日的牢房，還有什麼比一根菸更能抒發抗議、帶來解脫呢？

我曾經是這麼擁菸，心中對菸的不滿卻暗中滋長。我發現菸逐漸的主宰我、操控我，出門口袋裏要擺鼓鼓的一包，否則半路會四處求乞。夜半菸癮發了，又得摸黑出門買菸，免得因爲缺菸而心慌意亂。抽到一根菸，固然可扮五分鐘的神仙，可是我往往這一根還沒抽完，我已在想着抽下一根菸；有時急急吃完一頓飯，只爲了盡快享受那根飯後菸。工作時有菸固可提神，無菸卻會令人六神無主。爲菸折壽倒也不怕，只是自由失去了許多。我一直很想找個機會把菸戒掉。剛好，我感染了流行性感冒，味覺遲頓，和香菸發生爭吵，聞菸即嗆咳不停，把菸停了。

離菸初期，會有嚴重的失落感，飯後、飲茶時、倦怠時，下意識的想從上衣口袋掏菸，想往嘴裏塞一樣東西。更甚者，情緒低潮時，無菸可供緩解，心生無名之火，不得已而開戒。幸而我感冒併發的喉疾未癒，吸菸無異燻烤氣管，每每在重咳之下，捻熄剩下的半根菸。漸漸的，出門不再帶菸，夜半不必尋菸，擺脫了菸的枷鎖。最難拒絕的則是昔日菸友熱心敬菸，那種善意的誘惑，我認爲只要一讓步，我全部的修爲就會瓦解，我的生活將永遠受制於習慣與欲望，因此，不得不堅拒，不時帶給友人輕微的失望，好增強自己的信心。過了一陣子，少有友人再向我敬菸了。看到別人抽菸，倒也不會嫌惡，反而有一分諒解與同情。

身上清除了焦油與尼古丁，家中清除了打火機與菸灰缸，心理上丟棄了一個奶嘴，我這才重新尋獲我從十來歲染上菸癮以來所失去的自由，也減少了一層對死亡的恐懼。我想起弘一大師的壯年出家，托爾斯泰的晚年禁欲，那種徹底棄絕過去的氣魄，從文字記載中去揣摹，猶覺波瀾壯濶。凡人從香菸到情人、職業、信仰、政治立場，有多少戒不掉的癮、解不開的枷鎖，把人往惰性的深淵裏拖。自從離菸後，我對人性的可能又增加了信心，重識長久被菸遮住的清明世界。我已經警告了我最親密也是最敵對的枕邊人，彼此多以善意相待，否則請看我是怎樣的對待香菸。

飲酒歌

一個單調的夏日午後，老友樂君卽興駕臨，手上拎着喝到一半的馬丁尼，身邊帶着新交的小情人。妻子出門謀生，我正哄着三個小寶寶，權充忙碌的保姆，享受着我的快樂的負擔。樂君長我十來歲，與我亦師亦友，大學時代我們經常共飲、夜遊，揮霍我們的青春。如今我在辦公室與家庭兩頭均陷入勞碌愁苦，少有閒情逸致宴飲作樂。只有面對樂君的音容，這位酒神的門徒，我性格中的追求逸樂的魔性才會被挑起。

樂君是特地帶小情人來聽音樂的，他這位小情人有着他已往情人的共同特徵：一雙無辜的眼睛，一對飢餓的耳朵。我的音樂素養師承樂君，蒐集了一大堆西洋古典音樂唱片，特別是浪漫派音樂，屬我們的共同的最愛。一歲半的么女一向愛鬧要抱，爲了不妨礙我招待樂君，竟睡着了，像電視連續劇的荒誕情節那般巧合。醒着的五人到我的書房聆樂，樂君豪放的把音量開到足以震撼黃昏天空的鴿羣，手持加了冰塊的馬丁尼，滔滔不絕的論樂，一面指揮我換唱片：

「我們先從巴哈開始吧！就是羅馬尼亞天才鋼琴家李帕第（Lipatti）彈的那張。啊！這首〈西西里舞曲〉，彈得一塵不染，不着痕跡，眞是天才！我曾經在鋼琴上摸了一整夜，就是彈不出他這種音色。可惜他活不到三十三歲就死了。哎，我們再從頭聽好不好？」

「喂！柯爾托（Cortot）彈的《蕭邦前奏曲》有沒有？對了，就是這張。從第六首八降

B小調〉開始聽。對了，我就是要這種感覺，這麼浪漫的彈法今天已經聽不到了。這首曲子的音色是大提琴的感覺，啦——啦——哩——啦——哩，又是嘆息又是沉思，只有柯爾托才能彈出這種味道。現在的演奏家，個個都是鋼琴運動員，一點內心活動都沒有。」

他的小情人也是學鋼琴的，略帶靦腆的與他並坐，專注的聆聽，在他的強勢意見下，不斷以微笑附和他。

「瑋芒！還有沒有冰塊？好極了，馬丁尼加點冰塊是不錯的。來呀，Cheers。你下一曲要放什麼？喔呵呵，〈飲酒歌〉，是多明哥唱的嗎？嗯，這首曲子多明哥唱起來要比帕瓦洛帝對味。朋友，爲青春與愛情乾杯。」

我聽到清脆的玻璃杯撞擊聲，擊碎了下午的沉悶。兩個小寶寶聞樂起舞，在音響前嘻笑着，忘形的兜圈子追逐。茶花女歌劇的〈飲酒歌〉，刻板的三八拍子與溜順的詠嘆調，充滿滑稽與放浪的意味。我看過好幾部電影，在劇中人渾然忘我的情境，拿飲酒歌作配樂，有欲火中燒的男女偷情的場景配〈飲酒歌〉，有狂暴軍人殺戮的場景配〈飲酒歌〉，着實令人發噱。不管我們做什麼，配上一段〈飲酒歌〉，必能助興與開懷。李白與陶淵明的詩篇酒意也濃，每到感慨人生的短暫與無常，往往以飲酒求解脫收尾，就像以死亡乾淨的結束一篇故事，在藝術手腕上有偷懶之嫌。在那種情境飲酒，滋味是苦澀的。我寧取威爾第的飲酒情調，歌頌你信就會得到的青春、幸福、友誼、愛情。酒醒後世界會是什麼樣子，我們且不管它。就像樂君今晚要回家面對他的妻子，我也要向辦公室報到上夜班，把又一個夜晚賣給老闆。

「哎，普契尼的〈爲了藝術爲了愛〉？好，就是這首。普契尼是個好作曲家。這個聽完以後我們來點流行的，像貓王的"Love me tender"。這首曲子你也有？好，我們一個一個來。」

那天我們一曲接一曲聽，樂君握起小情人的手，愈談愈高興。夕陽西下時，我的么女也起床了，我便拖着三個小寶寶帶樂君上四川館子，點了小孩子愛吃的銀絲捲、蝦仁豆苗，樂君愛吃的腸旺、宮保鷄丁、涼拌三絲、豆瓣鯉魚。菜上得很快，料也配得很好，樂君和他的小情人吃得很開懷，他自己又點了一道蜜汁火腿。等到飯局將盡，老闆才來告知蜜汁火腿這道菜準備不及。樂君大樂，說道：「今天一切都太完美了，除了這道蜜汁火腿沒有。」飽餐之後走在路上，我帶着三個小寶寶回家，心中有莫名的快樂，那種快樂不是受人誇獎或是人逢喜事的快樂，而是偶爾聽了一段美妙的音樂、無意間發現天空上有奇妙景象、忽然感到人生充滿希望的快樂。這大概是樂君的激發，還有〈飲酒歌〉的感染。我發現即使是再平庸乏味的生活，也充滿了無限的可能性，也是有超凡的快樂可供追求。

民國八十年九月

金色的女孩

曾經是仲夏的上午，植物園的荷花綻放了滿池粉紅色的駭人夢境，托在綠色的現實上。滿天紅蜻蜓翩翩飛舞，白頭翁在壯碩的熱帶植物間嬉遊，一羣巴西烏龜在池中心的岩石上疊羅漢、曬太陽。若是不經意的往荷梗間一瞧，還可發現一對羽翼鮮麗的鴛鴦悠游。空氣中滿溢着清新恬靜的氣息，使人滿足得幾乎一無所思了，此時，還有什麼會鎖住我的目光，攝走我的心神呢？那是妳，我甜蜜的女兒，妳奔跑在葛藤花棚下，藤葉篩過的陽光，在妳童稚的身軀展開光與影的嬉戲，飛揚的髮絲與起浪的裙角描述了妳的速度，妳有如從時光的源頭躍出來，臉上漾開的笑是那麼純粹，手足間的生命力多麼清新。我珍愛着這景象，不知那一次才能重現此時的光輝、視野與距離，以及我這被妳鮮麗的身影感動了的父親的心境。

回想當初伴母親生妳時，我也經歷了擁有一個女兒的喜悅與焦灼，隔着厚玻璃看妳，見到育嬰室表面平靜，各個保溫箱卻有聽不見的哭嚎、觸不着的掙扎，我也開始擔憂在外界、在未來等着妳的風暴。那風暴的形象模糊不清，我彷彿聽到遙遠的吶喊迴盪着，看見衆多求助的肢體揮舞着。我當時仍無法解讀它的意義，懷疑是戰爭、是核爆、是洪水、是癘疫。但我當時想我心中的愛，可以對付一切敵人的侵略，也就沒去深究我那未成形的感覺。我只是欣喜家中的女性美又增添了分量，妳母親也欣慰可以用最美麗的衣裳把妳打扮成她的傑作。妳嬌柔的軀體多麼適於擁抱，清麗的啼哭總使得我在它節奏亂掉以前及時安撫。到妳會走路了，依然愛撒嬌，時常要我哄睡。我經常抱妳在肩頭，在客廳來回踱步，打開唱機請來莫札特、蕭邦、巴哈伴妳入睡，希望世間的美盡萃於妳的幼小心靈。有時凝視熟睡中的妳，懷疑是我的女性的化身，將以女性的纖細重新感知這大千世界，並以女性的荏弱去重新承受我經歷過的風雨。有時妳夜半起床，拉我陪妳玩耍，我們會進入惟有妳知我知的心靈交會，我赫然發現，半生所追求的女性美的原型，與妳的面龐重疊。那是一種神祕的現象，激起我莫大的喜悅，深刻的陶醉，我便會升起保護妳的強烈欲望，想以我的愛築起一道堡壘，不使任何傷害加到妳身上。就像我夜讀之時，每每被嬰兒床突發的夜哭驚起，我便會在妳母親之先，衝到妳的床前，把妳從噩夢中打撈起來，讓妳使出要與我合爲一體的力氣，緊緊的勾住我的脖子，貼緊我的胸脯，與我的心跳共振。我因妳而突然感到無比強壯，像逃出魔瓶的巨人，在煙霧裏伸展、膨脹。

親愛的女兒，我看到遠處步道有一對比我還年輕的夫婦，推着粉紅色的嬰兒車，緩緩的走在綠蔭之間，恍如水上的游禽，幽雅而安詳。還有什麼比幼小的生命更能帶來希望呢？然而，幼小的希望，同時也是沉重的負擔。爲了妳與哥哥，我心頭的兩塊肉，能夠日夜受到親人的呵護，我與媽媽甘願放棄事業的野心，冒着見識流於淺陋的危險，選擇了單純的職業，守在家中，從襁褓守到你們成長入學。平常日子，我像負鼠科動物，出門帶着妳。幼兒揹帶我綁過，嬰兒車我也推過，那街頭的熱鬧我一一錯過，那遠方勝景對旅人的誘惑，我也只能報以悵然。有時我不免會想，如果我未曾受困於家庭之愛，像我的浪子朋友，踏遍海峽兩岸的土地，闖蕩到生死邊緣，我會不會了無遺憾？唉，我得承認，愛，總要伴隨着犧牲。多少個兒女，扮演了雙親在人生賭局中的最後一道賭注。如果長成的規格不符要求，深痛的失望加上長輩權威，親情將變質爲威力強大的仇恨。或者是：其中一方的行爲，超出了世人所能寬容的範圍，一度相連的骨肉，也形同陌路，相互遺忘。親愛的女兒，且記住我們相愛無間的日子，做爲日後無限寬容的基礎，像這個植物園的上午。

妳瞧這植物園，安詳得多像一個夢幻的島嶼。幼稚園的女教師帶着娃娃隊伍在林間空地上課，載歌載舞；戴老花眼鏡、穿老式藍布衫的婆婆在蓮池畔繡荷包，引得小朋友圍觀；退役老兵在榕樹下向空中抛麵包屑，痲雀凌空飛來捕食，觀者贊嘆兩者熟練的技巧；蓄鬍子的中年畫家面對蓮池搭起畫架，擷取了荷池一隅嵌入畫框。風和日麗，荷香撲鼻，歷史博物館紅色建築的厚重身影倒映在池面，鎮住這一切。妳佇足池畔草地，輕皺眉頭，帶着淺笑，仰首觀看夏日晴空飛舞的紅蜻蜓，陽光一霎時灑了妳滿身，妳的髮梢發出黃金的色澤，妳淺緋色的臉龐與臂膀也被照射得透出光輝，妳周遭葳蕤的灌木與青草也捲入了光之舞踴。我看到夏日斑爛的色彩以妳爲中心，旋轉着、沸騰着，其中有我的愛，妳的幸福。

但是我也在憂心：這短暫的幸福，會不會像我們經常在恐怖電影看到的一樣：靜謐如畫、甜美如詩的片段場景，不過是冗長災難的預告？這個世界不斷的在解構，事情往往完全不依照人所期望的那樣進行，所謂「本然」、「應然」的觀念，轉瞬間就可以瓦解。人心的一個惡念、一個小小的意外，都足以毀滅原本純眞完美的世界。燙傷、摔傷可能在妳身上留下疤痕；嚴酷的教師會爲了提高升學率而打腫妳的手心，讓妳遭受我所不取的暴力；暗夜雄獸的欺凌，會使妳陷入無法逆轉的慘境；唉，一個女人的成長，爲什麼要像通過一片黑暗的森林那樣危險？

別怕，親愛的女兒，至少這植物園仍是安全的，街頭示威、金融風暴、統獨爭議的紛擾、軍事對峙的威脅，都暫時隔絕在這荷花王國的外圍。且與我携手，享受我們心靈片刻的交會，徜徉在不期而遇的樂土。握着妳柔嫩的小手，側看妳自負的、仰得高高的小臉，我又是疼愛，又是崇拜。妳比藝術更珍貴，比愛情更嬌美，比宗教更能寬慰我心。我們的種種奮鬥，因妳而賦予意義。我們浪裏行舟的婚姻，因妳的重量而不致翻覆。

但是，妳突然被什麼現象驚嚇，噁心的「唷」了一聲，向我倚靠。在黃椰子、臺灣赤榕所環抱的一張綠色涼椅上，坐着一對緊緊相擁的少男少女。他們穿着專科學校的制服，忘我的扮演了植物園的展覽品，卻又睥睨着側目而過的路人。我爲這個雙頭的雕像深深震動，霎那間，我預感到妳初生時，我隔着育嬰室的厚玻璃所擔憂的同樣的風暴。那原來是每個人都要經歷的、他人無法代理的，愛情的風暴。愛，有一天也將襲捲妳的靈魂，妳將不再認識心靈的和平，只會痛苦的充滿了占有所愛者的欲望。彼時，一切理智的勸告都屬徒勞，再深的親情也喚不回妳迫切的另尋歸屬的心，再強大的道德與法律壓力也阻擋不了戀人渴求結合的力量。親愛的女兒，妳將透過愛實現自我，去認識另一個騷亂的、擺盪在冰點與沸點之間的自我。愛又也會激起負面感情，妳將學會渴念、嫉妒、憎惡、狠心，造成他人的絕望，或是自己陷入絕望。一旦妳在愛的祭禮中被欺騙、被拋棄、被出賣，妳就會深深覺得原有的美好世界破碎了，再也尋不回來，妳的心靈有永遠無法癒合的裂痕，妳從那以後，將覺得是以修補過的生命度過往後的人生。愛情等着以無盡的陶醉與無窮的痛苦，交互充實妳的生命。這生命是創造自我的骨血，我想像妳的未來，爲那些妳要承受的繁重人生經驗而焦心不已。我的絮語所能做的情感教育，遠不如經驗本身的萬一，我只能悄悄告訴妳，妳將須把妳對這個婆娑世界的認知，不斷的解構與重建，用藝術的眼光，享受新的發現，妳在人生智慧所得到的滿足，便會大過妳身受的痛苦，而給予妳酸辛的快樂。

記取這植物園的上午，我們是如何的忘卻心機，幼小的妳與惶然的我，共遊這夢幻的島嶼。妳後來忘形的哼起幼稚園老師教妳的兒歌，自顧自的一路放聲唱，玻璃質的童音悠揚，音準雖不足，感情卻眞摯。我不知歌名與歌詞，妳的新歌我無從應和。就像單人走夜路時吹口哨壯膽，當我不在時，讓妳唱出自己的歌伴妳走向妳的人生吧！

民國八十年十一月三十日聯合副刊

輯二

注視與諦聽

——關於《落難在泰棉邊區的龍的傳人》

我們的認知與邏輯，傾向於順應我們的願望與喜好，這種傾向往往影響我們觀察事體，使我們難以掌握事體的全貌。特別是不符合我們的願望與喜好的眞象，我們往往有意無意的忽略了，因爲我們自知眞理對內心寧靜的毀滅力量，有時相當於原子彈爆炸瞬間的強烈閃光。我們逃避摧撼的方式就是掩面、別過頭，更甚者則是自欺與麻木，蝸居在自己幸福的假象之中，堅認世界是他們所希望的樣子，自我也是他們所希望的自我。今年由青年民歌手侯德健創作的新民歌〈龍的傳人〉，得到海內外中國人空前的熱烈反響。其中卻有若干人將這首歌附會以光榮、慶功，甚至沙文主義，把這首調性屬於哀愁的小調的歌，當成進行曲來唱。原因之一是：〈龍的傳人〉透露的訊息，多少涵蓋了憂嘆、哀傷、儆醒、恥辱，若干人不願、不喜認知。侯德健創作這首歌的動機，乃是基於一個藝術家忠於感覺，力求對事體作整體觀察的精神，將他所感受到作爲當今一個中國人的生存情境，經由藝術的象徵傳達他人。今年四月他有機會赴泰棉邊區，面對另一羣中國人——考依蘭難民營華裔難民，回國寫下六萬字的追述。這些追述表現了侯德健心靈歷程的一個橫切面，以及一個藝術家的行動。

侯德健以藝術家的身分赴考依蘭，置身人類的悲劇之一——和我們臉型一模一樣，操流利華語的同胞，五年之內由七十萬人銳減爲六萬人，他如何行動？他在追述的篇末坦陳當初赴考依蘭，只是機緣與好奇。在此之前他在電視、報章看到難民受迫害的噁心鏡頭，便下意識地瞇眼、別過頭。抵達考依蘭之後，如他的追述所載，他參與難民的生活，經過很微妙的心理歷程，他體會到「人與人之間多一點關懷會使這個世界更可愛」，乃至於盡全力協助難民。侯德健所以會有這樣的轉變，是因爲他以藝術家的精神在考依蘭行動，那就是注視與諦聽。

我們知道任何一件救助行爲，諸如義演、義賣、認養等等，都會使救助者遭遇到一個危機：救助者未曾體驗到發自內心的熱情，只是被動地順從道德規條，自顧有暇之後，用剩餘的力量去救助對方。結果很可能以優越者的姿態出現，凌駕受救助者，向對方提供強烈的對比。獻出對他自己而言是九牛一毛，對對方是杯水車薪的救助之後，志得意滿，換取到自個兒的道德裝飾品——自認爲的慈善、慷慨的義行。侯德健在追述的篇首顯示出他事先卽認知這個危機，並懷疑到考依蘭教唱〈龍的傳人〉對難民有什麼實質助益。平日友人之間，他也自認沒有天生一副「民胞物與」的情懷，是最失落的三流大學生，生活裏常有蒼白與無力感。正因他有這個自知，所以在考依蘭難民營沒有自欺地同意「難民救星」、「溫暖的手」、「祖國來的親人」、「孤兒的家長」這些稱呼，沒讓四十多歲的難民呼他「哥哥」沖昏了頭，失去了採取更多救援行動的意向。侯德健不斷的注視與諦聽，讓難民的苦難與無辜儆醒自己。這些苦難與無辜記載於追述中，可推想其事實本身，更要可悲可怖得令人掩耳，別過頭。侯德健感受到這些並面對它，並估量自己的能力，儘可能協助難民。他以藝術家的身分與才具得到當地聯合國官員、泰國民衆的敬重，進而參與交涉難民問題，終獲聯合國官員及泰國當局的同意，將考依蘭的難民遷至安全地區。在物質方面，侯德健家境清寒，赴泰之前身上僅有的兩百美金還是好友相贈。他帶的歌手必需樂器——兩把吉他，也在考依蘭送給了難民。更重要的，在精神上，他以藝術家的精神，教難民注視與諦聽自己的處境，協助痲木、失望的難民做心理重建，爲他們自己的未來積極行動。教難民唱〈龍的傳人〉，則是以藝術的力量教難民認知中國人的生存情境。

在這個萬象森羅的世界上，我們已經認知了太多我們所願、所喜的事實，讓我們接受藝術家的啓示，學習自我，對世界作整體觀察，在危機頻起的時代，做個頭腦清醒的人。藝術家不贊成人把所希望的自我當成實在的自我，把所希望的世界當成實在的世界，將自欺、麻木、逃避責任合理化。侯德健考依蘭之行使他心靈得以成長，雖是他個人的例子，卻促使我們深思：我們該如何注視與諦聽事體全貌，爲我們個人、我們所屬的大我，提供數量更多、品質更佳的行動準則：眞理。

民國六十九年十一月五日聯合副刊

還與韶光共憔悴

——從戴洪軒的《昔日之歌》說起

看到放學的學童，我們惋惜很久很久以前，也曾經那麼純眞過、歡悅過；讀到唐宋詩詞，我們會鄉愁：古之人所感所思，能那麼詩酒，那麼山水。唐宋人的負面感情，到了最深處也總是一個愁字。我覺得最根本的原因是，在那個時代，中國人是深深從屬於大地的，大地這個母親，像吸納雨水一樣，化解了人世所有不快，賜給人安寧的力量。杜甫流亡得最慘痛時，不也常常藉看鷗、玩月遣懷嗎？他們怎能想像二十世紀籠罩着核子毀滅的陰影，運行着鋼鐵的意志，每個人都恐於變成科層體制下一個小齒輪。我們若從日復一日的時代焦慮溜出來，捧着唐宋詩詞做片刻荒唐的夢，徜徉詩酒山水之間，反而更覺軟弱。我的老師戴洪軒，以作曲爲職志。面對時代的不快，寫了平均律鋼琴曲和鋼琴奏鳴曲，又逃到唐宋的詩詞裏，先後譜寫了蘇軾的〈浣溪沙〉、李璟的〈山花子〉、王維的〈紅豆詞〉、阮籍的〈詠懷〉、李白的〈暮從碧山下〉。我讀到譜上的「菡萏香銷翠葉殘，西風愁起綠波間」、「誰道人生不再少，門前流水尚能西」這類句子，大起反感，曾以「吾更愛眞理」的血氣質問道：「老師，你不是強調『感應時代的脈搏』嗎？你的貝多芬、巴托克呢？」

戴洪軒當時吁着酒氣說道：「不行，叫我整天面對貝多芬、巴托克面對的世界，我的精神會夭折。人總得做點夢。」於是鋼琴前坐下，唱起〈暮從碧山下〉的「我醉君復樂，陶然共忘機」。我先前預期着黃自、傅青主那一輩人優雅的懷古、滑溜的旋律、簡單的和聲，可是戴洪軒這五首舊詩新譜，出來的樣子完全不是那麼回事。二度音程、七和弦、九和弦這些不協和分子隨時出沒；蘇軾的浣溪紗用了卡農的曲式伴奏；王維的紅豆詞整首曲子是以第一句的旋律自由變奏。西洋音樂邏輯捕足古詩神韻。現代人的焦慮摻入古人的淑氣。這根本不是蘇軾王維，而是戴洪軒的蘇軾王維。戴洪軒的曲子不是古詩詞的註解，倒像一首首輓歌，悲惜詩酒山水的時代，永遠不再。李璟最愛倚的欄杆生了淒黃的鐵銹。阮籍在六朝的夜聽見的孤鴻，飛到二十世紀變成波音七四七。這五首歌沒有撫慰的力量，只是令人不快的抑鬱，讓你對古代的鄉愁愈結愈繁。原來，現代人誰也回不了唐宋了。戴洪軒畢竟沒能獨免現代人的創傷：那種被拋離大地、割除山水的流亡感。只是經過音樂理性的點化，更凸顯，更嚴密。

我們疑懼現代藝術，我們仇視西化文明。它們無時無刻不在逼我們面對生存的苦澀，搗毀着東方人的恬適。我們採取肆應之道，曾經尋找東方最深源的感情支撐已經傾斜的民族自信。唐宋的感情該是最難抗拒了，民族特質看來也是最足倚恃。當一個以內心生活爲一切的藝術家內省得越深，非但發現自己不西方，更發現自己並不很中國。在一場大過渡之下，唐詩宋詞的世界、故宮博物院的中國必然從而蒸發，再也尋不回來。即使去夢，也只能夢到幾許漫漶的古代畫面。這種絕望感必定要我們恰切地承受。所以，我喜歡戴洪軒譜的這五首古詩詞，那是古中國和現代激辯的結果。輯之而名《昔日之歌》，又絕望又鄉愁，能曰不宜？像《昔日之歌》這種作品，東方西方兩不辨，只顯出一個現代人探索一己獨特的靈魂，不期然地呈現出一點簡單的眞理。李璟在古中國說過「還與韶光共憔悴」；聽到《昔日之歌》，意識到詩酒山水的時代就那麼隨着歲月遠颺，我們也只有暫時憔悴一番了。

民國七十年九月十四日人間副刊

寫小說的談詩

我對小說與詩並稱雙絕的文學大師充滿孺慕之情。在文學史上，找出這樣的人，就像找到美麗的左旋螺一般可喜。至今我只發現歌德，詩獨步古今，小說也領一代風騷。本世紀的巴斯特納克，半生做詩人，老來寫《齊瓦哥醫生》見重文壇，也算一絕。至於雨果，小說不如詩作堪爲宗師；DH勞倫斯與哈代，詩太白，不如小說有深意、富震撼力。

很多寫小說的，都曾經技癢，試作一兩首詩。在他們認爲，寫過動輒上萬言的小說，寫起詩來，大不了是牛刀殺鷄，大有餘力。可是往往寫出來的不是詩，而是分行排比的小說場景。難道說，詩，眞是情有獨鍾的名媛，不屑衣冠瑰偉的豪門公子嗎？以我的感覺，確是如此。

我也寫過幾首發育不全的詩，有兩首曾蒙報章雜誌刊載，也算是「兩首詩人」吧。在我的經驗裏，小說與詩的創作歷程、架構方式幾乎是相剋的。小說的內含是人物、動作、場景，以散文的方式鋪陳。當我受到某種當前的經驗或是特別的回憶感動，我總是努力把這種感動在心裏或在紙上記下來，假以時日，以人物與情節出之。也有的時候，這種感動也因時間而淡化了，隱沒了，像晨霧一樣，消逝得令人悵惘。而詩——特別是愛倫坡揭櫫的短詩——的創作，有當卽的、盡情的愉悅。藏不住話的性格，在詩的領域裏是藏不住意象與節奏，是何等華麗的沒遮攔。於是，阮籍夜中不能寐，李白醉起言志，都是寫小說者享受不到的「不亦快哉」。卽使是如華玆華斯所言，從沉靜中索回味，那短短的十幾行表現的無限經驗，也令伏案勞形的小說作者羨煞。反之，也有博觀廣識的詩人，希冀小說涵蓋的浩渺的人物、起落的高潮。

會互相羨慕，互相憐才的詩人與小說家，該是對人物與意象都具有強烈的愛。只是，對人物的愛更強烈，造就小說家；對意象的愛更強烈，則造就詩人。兩者都是裏脅了指揮文字的異禀，企圖表達無限的經驗。在我的理想中，一個完全的小說家應是自願讓賢的詩人，完全的詩人應是有所不爲的小說家。我所偏愛的小說家，多屬詩情洋溢，賦詩有能，像寫《包法利夫人》的福樓拜，寫《紅樓夢》的曹雪芹，寫《往事追憶錄》的普魯斯特，寫《羅麗泰》的納布可夫。至於狄更斯、左拉、杜斯妥也夫斯基之輩，固然是巨匠，然而作品詩意欠缺，讀來像不懂醲情調、獻殷勤的戀人。同樣的，照我的蔽見，雪萊、海涅、華玆華斯固屬大詩人，但不足以獲我欽崇。只有能寫出《少年維特之煩惱》、《愛力》、《威廉・麥斯特》的歌德，寫出《瑪爾泰手記》的里爾克，才是我在心中頂禮膜拜的詩人。

作爲充分信任小說功能的小說作者，我讀詩尋求兩件未見於小說的事物。在形式上，我喜歡大膽創新的語言。詩所實驗成功的新語言，好比純粹科學研究者發現新定理，成爲應用科學研究者的憑依與滋養。杜甫、余光中、藍波、波特萊爾的語言都啓發過我。至於在內容上，我要求能從詩中讀到小說難以表現的幽微經驗。從這個觀點看，我鍾情主靈視的里爾克、梵樂希，不羨寫生活的羅卡、艾略特。

反正，寫小說的和寫詩的，很難求得共識。一個是機槍手，以文字的「掃射」掠取經驗；一個是狙擊手，以文字的「點放」掠取經驗；兩者各有所長，各有所得，戴着習性的眼睛觀物，能不偏頗？只有在散文這個文類上，勉強可以公平競技，略見長短；也只有歌德這樣的雄才，方能兼擅長這兩種對立的文類。如今，無孔不入的電子傳播媒介威脅着文學，小說與詩不必彼此攻城掠地，最要緊的，倒是如何在電影這個綜合藝術之外，開拓超越視覺意象的靈視領域。

民國七十二年七月《現代詩》第四期

就在此地生根

「你將往何處？」這個聲音從你開始爲一生出路作重大抉擇時，就在你心中響起，愈響愈急迫，愈響愈激烈。這不必詫異，青年。因爲，革命、戰爭、流離，都沒有在你身上烙過印，你一時沒有偉大得令所有人注目理想可奉獻熱情。你的父母輩承擔過困阨，而你就在中國近代罕見的暴風眼之中成長，這座海島的富裕，逐年與你的歲數俱增。而你所面對的，是一個大過渡的時代，處處充滿價值、觀念的對立，處處充滿疑問。甚至你要找一個名叫「中國」的定點作精神的歸依，反而更加劇你的擺盪。

那裏是中國文化安身立命之處？香港？新加坡？美國唐人街？中國大陸？屬於孔孟的中國，已在這個世界上找不到原始的面貌，這些地方，不是受到西潮的侵蝕，就是受到赤潮的浩劫。你曾經嫌這個島太侷促，嚮往四夷來服的國威，廣土衆民的聲勢，好支撐起自己的精神。於是，你反抗命定的膚色，受教的母語，想步一些人的後塵，到新大陸去開創自己選擇的生活。

可是，不論你走到哪裏，你擺脫不了民族加給你的一切。若是你爲了財富而甘在高加索人種裏謀一席之地，那不過是把自己放逐到金質的牢籠裏，永遠只是那個社會的第二等人。若是你爲了在藝術、科學上發展你的創造潛能，抱着更偉大的志向背離母土，自願作遊魂，仍然是架空的。因爲，藝術的創作動力，來自母土力量的滋潤，同胞感情交通的刺激，藝術的成就，也必須先獲得民族的肯定，才有所貢獻於世界，否則，在他人土地開出的花朵，也只是贗品。至於最無國籍的科學，更非如一般人所知那麼世界化。因爲，科學的實驗方法，科學研究成果的描述方式，也深深有它的地域性。你在異域的成就，屬於異域的光榮，而你的驕傲，你的尊榮，仍屬於你的民族，要靠你的民族賦與意義。

這麼一來，你想到一個令你心悸的名字，一個你自幼景慕好奇的地方，那就是有十億人民的中國大陸。那塊秋海棠葉上有雄奇瑰偉的山水，有綿延無盡的歷史，也有過少數吃這個島的稻米長大的人，踏着暴政之下寃死的屍骨回去，失意者，利用一呼百諾的政權膨脹自己的信心；得意者，藉着衆多枯瘦的手拍出的掌聲，妝點自己的榮耀。某些人懷着被整肅的戒心留下去了；某些人風光一趟，志得意滿，回異域寫遊記。可是，懷抱理想的你，在那片燃燒的秋海棠葉未還原成雍容和平的中國之前，你若回去汲飮長江水，恐怕飮到的是血渠；在那裏的同胞未得到你在這個島上享有的自由富足之前，你忍心做趾高氣昂的觀光客嗎？

你的父母輩，在他們曾經是青年的時候，用汗水肥沃了這座島嶼；你的兄長輩，東出闖蕩尋獲知識或財富，帶回來育成餘蔭。這座島如今正以神農嘗百草的姿態，試驗各種方法，塑造自己獨一無二的面貌與風格。島上的椰林稻浪或颱風地震，成爲你從而自我認識的童年記憶。不論欣幸或嫌棄，你的生命已經與這座島根鬚相連。而這裏的一千八百萬人，正在自己的土地上跌倒、爬起，以一己的尊嚴建立同胞的尊嚴。無論你心屬何種理想，懷抱何種志向，且把此地當作奮鬥的劇場，就在此地生根。

民國七十三年三月二十九日《聯合報》青年節特刊

典範永垂

車行巷口，又見四個斗大的字：「車輛改道」，是施工？沒聽到刺耳的空氣鑽；是慶典？算算日子也不對。再仔細看，這四個字，字體拙劣，寫在慘白的海報紙上，不像出自公家之手。走進巷子裏瞧，但見一方尼龍帳篷，橫踞路中間，把整條巷子攔腰截斷，來往路人，也謙卑地從帳篷和圍牆之間的隙縫擠過去。莫非有野臺戲作酬神演出？繞過去，從正面看，但見花圈成列，三鮮、水果堆滿供桌，香燭悽光搖曳，正上方高懸一張放大的黑白半身照，教你倒抽一口冷氣。又是一樁人間的不幸。

喪家想必籠罩在愁雲慘霧中，有充分理由認爲他們的悲悽莊嚴不可侵犯，所以在公有的巷道上，搭起靈堂來，一方面展覽全家猝遭的巨變，暗示着我們的最後歸宿；一方面需索大家的同情，要車輛改道，行人走避。這是在巷子裏，若在大馬路上，靈堂常常佔去整段慢車道，喜歡違規超車的駕駛人要小心了，一頭栽進去，可又添了亡魂。靈堂只是靜態展示，猶有甚者，半夜三更做起法事，鑼聲、嗩吶聲喧闐起來，可把好幾條巷子的鄰居喊醒，一同凝神送終。鄰居最嚴重的抗議，不過是在門楣貼張紅紙，沖沖煞，輿論面對此情此景也得默哀。法律呢？警察活人的事都管不完，哪有工夫管這檔事。一件事情鬧到叫警察，那是受害人完全無助、最可憐的反應。即使警察來了，面對喪家的巨大悲哀，誰能冷了血，開張妨礙交通的罰單？不滿的人啊，還是與喪家同步，等待除喪吧。

不要提傻問題：爲什麼喪家不在殯儀館裏辦喪事。這些流落在都市裏，善良、純樸的草地人，他們依然保持了傳統精神，認爲「家」是個人歸屬的終極對象，病人在加護病房裏回生乏術了，也要違抗醫囑，擡回家裏斷氣。他們寧可在家的範圍裏搭個簡陋的帳篷，也不願意到殯儀館的大廳備極哀榮。家門口的大馬路或巷道，在他們心中無異於農舍的曬穀場或是三合院的廣場。誰要嫌它，倒顯出都市人的刻薄與冷漠了。何況，這種留存至今的傳統習俗，難講不會列爲文化資產，予以保護呢。

在臺北的大街小巷，說不定就是你回家的路上又新搭一座靈堂，今夜也許你就會聽到不遠處的鑼聲、嗩吶聲，死亡的巨大力量，又將再度蓋過輿論、法律。你且發揚人類高貴的精神品質：哀矜，把不眠的夜，當做一個假期，認眞思索人生的短暫與無常。克難的、流動的靈堂，將不會絕跡，輓額上常見的「典範永垂」，正是這種現象的最佳註腳。

民國七十五年九月五日《自立晚報》第十一版

酒神祭

不必凱撒下令，我的心靈在音樂王國早已解嚴。

在藝術的領域裏，我曾經飢渴地探索，像生澀的少年，在黑暗中攀援不識面孔的女體，希冀一絲絲的安慰。然而，文字俘擄了我的思想，繪畫鎖定了我的視線，戲劇欺騙了我的人生，唯獨音樂，這聲音的海洋，解放了我的感情。

身歷聲立體音響設備，砌成我的城堡。大師演奏名曲的錄音，是我抵禦現實威脅的彈藥。唱臂落下，第一個音符揚起，在我的周遭牽出層層疊疊的五線譜，形成一道防護網，我便在我的音場之中，得到完全的自由。我的音場，像個老練的情人，寬解了我心靈的衣裳，那就是我的理智，我的身分，我的姓名，所有能冠上「我的」這個所有格的事物。

這麼說來，音樂豈不是鴉片，或是烈酒嗎？不錯，音樂的酒精濃度，非常之高。尤其是碰到貝多芬、巴爾托克、華格納這些富於酒神氣質的作曲家。酒神氣質在藝術上，意味着精神的反抗、情感的解放，以及幽默、嘲諷、飛躍、破壞，以「心」的原始生命力，與「腦」所構築的理性秩序抗爭。大至時代，小至個人，年歲愈長，「腦」愈是發達，乃至於凌駕了心，便產生了所謂的文明，所謂的練達。連音樂藝術，到了二十世紀末，也淪陷於腦的統治，有電子音樂、音列音樂，由戴着藝術家面具的科學家們，在電子合成器上面運作聲音的公式。腦的極端發達，造成了時代的蒼白、藝術的貧血，乃至於生命的虛脫。而世界強迫我們用腦與它交往，辦公室的人際關係卽其典型。於是，我需要用耳朶買醉。

當貝多芬《第七交響曲》的 Allegro 起舞；當巴爾托克《管弦樂協奏曲》的主題爆出；當華格納《崔斯坦》前奏曲的八度音主導動機登場，每每在我的音場裏掀起滔天巨浪。我的靈魂，便迫不及待地擺脫躺在沙發椅上的皮囊，加入這些酒神祭的狂舞，縱情任性，莫知所終。

我的音場，又是何等脆弱啊。器材是鈔票堆起來的；時間是偷來的；片刻的孤獨是向家人搶劫來的。最反諷的是，特別怕停電。我的靈魂，經常從酒神祭敗與歸來，卻也每次帶回一些記憶，日復一日改變着我的人格，要把酒神的氣質，注入我的文字。正直的讀者啊，下回你再讀到「音場」，就當做不愼偷看到某人酒後寫的日記吧。

民國七十七年一月十一日《自由時報》第十六版

偉大的極端主義

近來報章雜誌談我們的政治環境，常見高瞻遠矚的學者、記者，規勸政治人物，不要把局勢弄得走向「兩極化」，旨哉斯言。藝術的王國，卻自有一套律法，許多偉大的藝術品，總有那麼一點極端的成分。在我的音場裏，中庸的作曲家、演奏家唱片，不是擺着生黴，就是以五折轉手賣掉。聽那些走極端的演奏家，詮釋走極端的樂曲，讓我如魚得水，覺得生命裏缺少的某些成分，被這些偏執的聲音補足了。

西洋音樂史上最響亮的名字——貝多芬，是個人意志擴張的極端。他的許多樂章，都以簡短而有力的主題發展而成，所有的反覆辯證，都爲了一再強調他的主題。這主題在樂章裏，時而以最強奏的管弦樂齊奏宣示，時而以木管優美地抒發，時而以弦樂深情地傾訴，時而以定音鼓埋伏在弦律線下敲擊。聽完他的音樂，不論你原先是什麼樣的情緒，他會在你的記憶裏烙下一串鮮明的五線譜，久久無法抹消。你會驚異：人世間竟有這等剛猛不屈的心靈、高亢無悔的意志。你使喚貝多芬時，你以爲你是主人，到頭來，你卻成了貝多芬的獵物。那種經驗，並非是欣賞一幅名畫所引發的愉悅之情，而包含了一種被虐的快慰。我的老師戴洪軒，形容這是「意志的強暴」。

華格納也是屬於「偉大的征服者」；柴可夫斯基是憂鬱的極端；舒曼的晚期作品接近瘋狂；白遼士是惡魔主義的大師；馬勒是浪漫主義末期頹廢的典型；拉赫曼尼諾夫是情聖；蕭邦是唯美主義者；德布西是崇尚神祕主義的巫師……。莫札特雖然被貼上古典主義標籤，號稱情智平衡，我偏喜他的頑童氣質，還有他的安魂曲蘊涵的悲傷絕望之情。

詮釋者也是決定音樂風格的要素，極端的樂曲，碰到中庸的演奏家會變得索然無味；而中庸的樂曲，卻能以極端的演奏賦予另一種風貌。聽克倫貝勒（Otto Klemperer）指揮的舒伯特，會覺得氣象平凡的舒伯特「偉大」了起來；聽海飛玆（Heifetz）拉的布魯赫《第一號小提琴協奏曲》，會覺得布魯赫精彩萬分。鋼琴家吉利爾斯（Emil Gilels）有着「鋼鐵般的觸鍵」，任何樂曲在他指下都虎虎生風。

表現人類極端的感情，貫徹個人極端的風格，這就是所謂「偉大」的來源。我國古人說「樂以致中和」，這句話大可推翻。至於把卑微的個人委身音場，有什麼功效呢，寫《貝多芬傳》的羅曼羅蘭說是「安慰受苦的靈魂」，那也是他一廂情願的高調了。在這個資訊龐雜的世紀，中庸主義的平民社會，音場帶給我們的最大樂趣，我想，也許是精神的出軌。

民國七十七年二月一日《自由時報》第十六版

可怕又可愛的

女強人在臺灣的誕生，是相當速成的。短短數十年內，經濟環境躍升，文化思潮丕變，造就了大量的女強人，事業上獨當一面，觀念上打着新女性主義的大旗，好比施用了化肥的農作物，茁壯得格外驚人。現在，弱者的名字，通常是男人。

在傳統社會，女人通常是被壓迫者。被壓迫者一旦當權，原先的壓迫者——男人，難免飽受報復，自食惡果。在怨嘆之餘，男人也必須檢討：爲什麼有那麼多的女強人？據我看，不外三點原因：

一、男人不長進：男人比女人有較優越的學習條件，知識技能輸給了女人，還不是因爲怠惰、過度自滿。

二、男人太姑息：女人非理性的時候，男人不敢作正當防衞，以致女人享受了許多特權，辦事無往不利。

三、男人太重色：任命女強人擔任要職的男人，應該捫心自問，是否在男人與女人工作能力相去不遠的狀況下，由於某種與佛洛依德有關的因素，選擇了女人？

女強人已是既成事實，男人悔不當初，只有逆來順受了。

工作上的女強人倒也還好，最可怕的是思想上的女強人。時下女權意識高張，許多女強人擁有絕大發言權，男人要是在言論上不經意地流露了大男人心態，就有遭到女衆聲討之虞。因此，男人在下筆或發言之前，先要經過一番心理掙扎：這種論調，能不能通過女人的檢查？

不過，在「沙豬」眼中，女人之強，更增添了一種女性魅力。女強人凜然不可侵犯的姿態，好似一座充滿挑戰的高山，容易激起男人更大的征服欲。女強人卸去盔甲，流露女性溫柔本質的時候，會使男人覺得挖到了寶礦。而女強人的種種作爲，沙豬看來，不過是一句大聲的「不要」。

記得我在大學時代，有一位新女性主義健將到校演講，時值冬夜，冷雨霏霏。我與三五好友慕名而去，在演講結束之後，邀這位女強人到校外冰果室暢談。女強人慨然允諾，不過她沒有帶傘，我就爲她撐着傘，在雨中步出校園。此生閱人不在少數，與女強人的雨中行，卻令我回味不止。

寫到這裏，新女性主義者恐將認爲我有輕薄之意，耳際彷彿有漫山遍野的殺伐之聲。服役受訓的時候，聽過花木蘭「行進間答數」，那種齊喊的女聲，銳利如刀叢，初聽之下，是很有震撼力的。趕快在此告罪，不再作妄語，以維持兩性勢力的「恐怖平衡」。

民國七十八年三月八日中央副刊

時間過敏症

有位醫生朋友，在一次旅行途中對我說起男人過了三十五歲的恐懼：體力與智力好像過了拋物線的頂點，食欲與性欲也呈平滑曲線下降。不過一兩年之間，前後差別之大，令他對生命的信心水準急跌。那一回說得我愀然變色，剩下的遊興全消。狠心的醫生朋友，你挑起了我的時間過敏症。

人生朝露之感，自古已有，潛伏在哲人的警句、詩人的雋語中，我從少年時期便受感染。我時常爲歲月流逝而傷懷，爲人終究不免一死而絕望。我也很快的找到緩解的藥方，那便是沉醉——沉醉於任何事都可以。最先使用的，當然是酒。酒雖然可以直接作症狀治療，使人忘掉所有的事，但事後想來，爛醉的時刻酷似死亡，半醉的狀態會使享樂的器官遲鈍，反而加劇時光飛逝所造成的空虛感。我很快對酒產生反感，也更不可能去嘗試LSD之類的藥品。

酒只能使人在生理上沉醉，愛情則帶給人靈魂與肉體的雙重沉醉。戀愛的過程中，種種意外的感動、超凡的幸福、欲仙欲死的喜樂，由於詩人與小說家的啓迪，我大概也體會到不少，自覺對飛逝的時間作了強而有力的抵抗。我高中時期開始正式談戀愛，不但沒有耽誤功課，念高三時，因爲一個我視爲女神的戀人發揮了救贖力量，使我這個玩了三年的輕狂少年收心苦讀，考上了大學。我上大學也不存好心，一意尋找永恆的戀人，好根治我的時間過敏症。因爲世界上並沒有永恆的戀人，我也就談了四年戀愛。要不是誤蹈婚姻的陷阱，我還眞想做個職業戀人，一如熱中政治的人立志做職業革命家。

但是，我的時間過敏症是與時並進的，我也只好尋找不同的事物以供沉醉，否則，眞會被年歲的增長逼得發瘋。早年沉醉文學，經濟獨立以後着迷音樂，有段時間對「大家樂」狂熱，也曾被汽車雜誌誘惑而成爲車狂，最近新成爲「電腦狂」，正煩惱着我的386—25電腦記憶容量只有兩個MB，執行文字排版無法在監視幕上做預視。電腦道友讀到此當知我心，我每沉醉於一項事物，都在精神上與經濟上總動員，採集情報、研究分析、蒐購、品鑑，務求獲得系統化的知識，產生系統化的欲望，再以系統化的方法去解決，從而達到精緻的滿足。愛情常被說成最理智的瘋狂，我這些階段性的癖好可說是最清醒的沉醉。

誰敢說我的時間過敏症是神經病，你們訕笑時，可曾聽到十九世紀法國詩人波特萊爾的幽靈透過胡品清的譯筆說：「是陶醉自己的時候了！爲了不做時間殉難的奴僕，必須陶醉你自己，無休止地！於醇酒、於詩歌、或於道德，隨你的便。」

民國八十年七月八日《中國時報》寶島版

三民叢刊書目

1. 邁向已開發國家　孫　震著
2. 經濟發展啓示錄　于宗先著
3. 中國文學講話　王更生著
4. 紅樓夢新解　潘重規著
5. 紅樓夢新辨　潘重規著
6. 自由與權威　周陽山著
7. 勇往直前　石永貴著
8. 細微的一炷香　劉紹銘著
9. 文與情　琦　君著
10. 在我們的時代　周志文著
11. 中央社的故事（上）　周培敬著
12. 中央社的故事（下）　周培敬著
13. 梭羅與中國　陳長房著
14. 時代邊緣之聲　龔鵬程著
15. 紅學六十年　潘重規著
16. 解咒與立法　勞思光著
17. 對不起，借過一下　水　晶著
18. 解體分裂的年代　楊　渡著
19. 德國在那裏？（政治、經濟）　郭恆鈺・許琳非等著
20. 德國在那裏？（文化、統一）　郭恆鈺・許琳非等著
21. 浮生九四　蘇雪林著
22. 海天集　莊信正著
23. 日本式心靈　李永熾著
24. 臺灣文學風貌　李瑞騰著
25. 干儛集　黃翰荻著
26. 作家與作品　謝冰瑩著
27. 冰瑩書信　謝冰瑩著
28. 冰瑩遊記　謝冰瑩著
29. 冰瑩憶往　謝冰瑩著
30. 冰瑩懷舊　謝冰瑩著
31. 與世界文壇對話　鄭樹森著
32. 捉狂下的興嘆　南方朔著

三民叢刊33

猶記風吹水上鱗

余英時 著

本書以紀念錢賓四先生的文字爲主，賓四先生爲一代通儒，畢生著作無不以重發中華文化之幽光爲志。透過作者的描述，我們不僅能對賓四先生之志節與學術有深入的認識，並對民國以來學術史之發展有一概念。

三民叢刊34

形象與言語

李明明 著

藝術是以形象代替作者的言語，而在形象與言語之外，仍還有其他種種相關的問題。本書作者從藝術與時代、形式與風格、藝術與前衞、藝術與文化五個方面剖析西方現代藝術，使讀者能對藝術品本身及其相關論題有一完整的認識。

三民叢刊35

紅學論集

潘重規 著

本書爲「紅學論集」的第四本。作者向來主張《紅樓夢》一書爲發揚民族大義之書，數十年來與各方學者論辯，更堅定其主張。本書爲作者歷年來關於紅學討論文字的總結之作，也是精華之所在。

三民叢刊36

憂鬱與狂熱

孫瑋芒 著

輕狂的年少，懷憂的中年，從鄉下的眷村到大都會的臺北，從愛情到知識，作者以詩意的筆調，鋪陳豐饒的意象，表現生命進程中的憂鬱與狂熱。以純藝術表現出發，而兼及反應社會脈動，不但樹立了獨特的個人風格，也爲散文藝術開拓了新境界。

三民叢刊37

黃昏過客

沙究　著

「爲樸素心靈尋找一些普通相的句子」沙究在獲得時報短篇小說推薦獎時曾對他的寫作有如是的感言，他的作品就是最好的實踐。本書將帶領您從浮生眾相中探索人類心靈的面貌。

三民叢刊38

帶詩蹺課去

徐望雲　著

我們都或多或少的讀過現代詩，但對現代詩的了解卻很少，於是許多譁眾取寵的文字便假借現代詩的名義出現，讓「詩人」成爲一種笑話。本書以輕鬆的筆調、嚴肅的心情，引導讀者更接近、更了解現代詩。

三民叢刊39

走出銅像國

龔鵬程　著

「有筆有書有肝膽，亦狂亦俠亦溫文」，身處時代之中的讀書人，傾聽時代之聲，即使漠然獨立，又豈眞無關切奮激之情？看龔鵬程如何以慷慨纏綿之筆，爲當今的社會文化現象把脈，提出處斷的良方。

三民叢刊40

伴我半世紀的那把琴

鄧昌國　著

本書爲作者歷年來對工作及生活的感懷之作。作者以深厚的音樂素養和經歷，娓娓細訴生命中的點點滴滴。一把琴，陪伴走過半世紀的歲月滄桑，樂音寄託壯志，也撫平了激越胸懷。